新・魔法科高校の劣等生
キグナスの乙女たち

Cygnus Maidens

佐島 勤

イラスト
石田可奈

イラストレーターアシスタント
ジミー・ストーン、末永康子

CHARACTER

十《じゅう》文《もん》字《じ》アリサ

第一高校一年A組。
ロシア人の母親譲りの金髪碧眼の少女。
得意魔法は十文字家の秘術、
『ファランクス』。

遠《とお》上《かみ》茉《ま》莉《り》花《か》

魔法科高校一年B組。
太ももがむっちりしているのがコンプレックス。
得意魔法は『十神』の固有魔法
『リアクティブ・アーマー』。

五《い》十《そ》里《り》明《めい》

第一高校一年A組。
主席入学の才女で、CADの知識も豊富。
メガネは視力矯正用ではなく、
AR情報端末。

永《なが》臣《とみ》小《こ》陽《はる》

実家は魔法工学のメーカー
『トウホウ技産』の共同経営者。
ぽっちゃり体系を気にしていて、
茉莉花と同じ悩みを抱えている。

※クラスは 2099 年 4 月のクラス分け時のもの

「……ミーナ、狭いよ」

「まだちょっと早いけど、やるしかない！

「えへっ、お邪魔しまーす」

ベストを尽くさないと!」

魔法、部活、それから恋。
新たな出会いに胸をふくらませて
二人の少女が入学するとき、
魔法科高校に新たな風が吹き抜ける――。

キグナスの乙女たち

新・魔法科高校の劣等生

Cygnus Maidens
The irregular at magic high school

2

author.
佐島　勤
illustration.
石田可奈

魔法科高校とは

ねえアーシャ、ついに私達も魔法科高校生だね！
でも、魔法科高校ってどういうところなの？

突然どうしたの？　でもミーナにとってはあまり
馴染みがないものね。
じゃあ、魔法科高校のことを説明するわね。

- 国立魔法大学付属高校の通称で
全国に九校設置されている魔法師を育てる学校。
- 一高から三高までは一科・二科に分かれていたが、
2098年から廃止された。
- 一高ではきめ細かな実技指導ができるように、
毎月クラス分けのテストが行われる。

○月○日　日直　遠上

なるほど！　でもなんで古いタイプの黒板なの……？

……別にいいじゃない。そんなこと言うと
今度のテストの勉強見てあげないよ？

そんなぁ……。

魔法スポーツ
～クラウド・ボール～

アーシャが入ったクラウド・ボール部って
どんなことをしているの？

クラウド・ボールはシューターから射出された
直径6センチの低反発ボールを魔法とラケットで
相手のコートに落としあうスポーツよ。

魔法とラケットを使ったテニスみたいな
競技なんだね！

テニスと違うのは、地面についた回数が
ポイントになるのと、同時に最大9個のボールを
扱うところね。
素早い判断力と集中力が求められるわ。

「一科生も二科生も、一人一人が当校の生徒であり、当校の生徒である期間はその生徒にとって唯一無二の三年間なのですから」

（二〇九五年四月、国立魔法大学付属第一高校臨時生徒総会における当時の生徒会長・七草真《さえぐさま》由美《ゆみ》の演説より抜粋）

……現在の第一高校には一科生と二科生の差別は存在しない。一科生と二科生、この制度自体が昨年、二〇九八年四月に廃止された。七草《さえぐさ》元生徒会長の目指した差別も逆差別もない学校はひとまず達成された。しかし彼女が言いたかったことは、きっとそれだけではない。一番の要点は多分、このフレーズだ。

「その生徒にとって、唯一無二の三年間」

ごく稀《まれ》な例外を除き、高校生活は一度きりのもの。それは魔法科高校の生徒であっても変わらない。魔法を使えても、高校生であることに違いはない。

学生時代は、中学も高校も大学も、一人前の大人になる為《ため》の準備期間。だが、それだけではない。高校生活の三年間もまた人生の内の、二度と返ってこない掛け替えのない時間だ。

魔法科高校は魔法師になる為《ため》の学び舎《まなびや》だが、ただそれだけの為《ため》に過ごす場所ではない。やらなければならないことは勉強と訓練だが、やることは勉強と訓練だけではないのだ。

「少年老い易《やす》く学成り難《がた》し」と言い、「命短し恋せよ乙女」と言う。勉強と恋愛、一見すると対照的な言葉に思われる。だが少年時代・少女時代は短く、何もしなければ足早に通り過ぎていってしまうと警告している点は共通している。

将来、魔法師になるとしても、ならないとしても。

魔法が使えるか使えないかに拘《かか》わらず、今の彼らは、彼女たちは高校生。

勉強も大事、部活も大事。友達と遊ぶ時間や恋人と過ごす時間さえも、大切な青春の——人生の一ページだ。

［1］月例試験・結果と対策

西暦二〇九九年四月三十日、木曜日の朝。

国立魔法大学付属第一高校一年B組の教室に悲嘆の声が上がった。耳にした者が惻隠《そくいん》の情《じょう》を懐《いだ》かずにいられない嘆きを発したのは、このクラスの生徒である遠上茉莉花《とおかみまりか》だった。

「あぁぁぁ……！」

「と、遠上《とおかみ》さん？　どうしたの？」

隣の席の男子が恐る恐る、心配そうな声音で茉莉花《まりか》に訊《たず》ねる。この男子は茉莉花《まりか》の親しい友人というわけではなく単なるクラスメートだが、そんな彼にすら無視できない嘆きが茉莉花《まりか》の声にはこもっていた。

「う、うん。何でもないよ」

声を上げてしまったのは茉莉花《まりか》にとって不本意だったようだ。彼女は隣の男子に振り向き、慌てて首を横に振った。

「そ、そう……？」

茉莉花《まりか》の嘆声は、何でもないという感じではなかった。だが彼女の顔には分《わ》かり易《やす》く「訊《き》かないで」と書かれている。それにちょうど四月の月例試験の点数と順位が公表されたばかりだ。

多分、結果が思わしくなかったのだろう。

空気を読める男子を自認するクラスメートは自分の中でそう結論を出して、茉莉花《まりか》を追及する代わりに誤魔化されることにした。

二年前まで第一高校は、新入生を一科生と二科生に分けていた。実技を指導する教員の不足に対応する為《ため》の制度で、入学試験の成績が良かった半数の生徒に教師の実技指導を集中させ、残る半数は事実上放置するという差別的な制度だ。

だがこの制度は去年廃止された。それは良《い》いのだが、差別的制度の根底にあった指導教員の不足は解消されていない。今までと同じやり方で指導する側の人数が変わらず指導される側が二倍に増えれば、単純計算で指導の密度は二分の一に下がる。そのままでは制度改定前の一科生だけでなく、二科生に対する指導も中途半端《ちゅうとはんぱ》なものになってどちらの生徒にとっても改悪になってしまっただろう。

一高の百山《ももやま》校長が取った対策は、クラスのレベルを揃《そろ》えて指導を効率化することだった。レベルの低い生徒に合わせて授業の進捗が停滞するのを防ぐ。生徒の成長にきめ細かく対応する為《ため》にクラス替えを毎月行い、カリキュラムも月単位で一段落するよう調節する。

そうしてできあがったのが現在の新体制だ。導入前は必要以上に競争心を煽《あお》って競い合いが足の引っ張り合いに変質することが懸念《けねん》されていたが、今までのところその様な兆候はない。導入二年目の現在、新しい制度は上手《うま》く機能していた。

◇　◇　◇

入学して一ヶ月も経《た》つと、行動パターンおよび一緒に行動するメンバーは大体決まってくる。

例えば昼休み、茉莉花《まりか》は昼食を学食でとる。同じテーブルを囲むメンバーはアリサ以外に、アリサのクラスメートの五十里明《いそりめい》、茉莉花《まりか》と同じB組の永臣小陽《ながとみこはる》、アリサと部活が一緒の仙石日和《せんごくひより》で固定されていた。

「茉莉花《まりか》、何だか元気ないわね」

明《めい》が言うとおり、今日の茉莉花《まりか》は精彩が無かった。

「小陽《こはる》も何だか暗いし……」

小陽《こはる》はただ暗いと言うより、明らかに落ち込んでいる。

「B組で何かあったの？」

重ねられた問い掛けに、小陽《こはる》の肩がビクッと震える。

「B組……」

ぼそりと呟《つぶや》いた後、小陽《こはる》は小声で「フフフフ……」と笑い声らしきものを漏らした。

本当に笑っているのではなく、台本に書かれた笑い声を棒読みしている感じだ。しかもその台本が実在したなら、ト書きには「自嘲の笑い」と書いてあったに違いない。そんな風に思わせる笑い声（?）だった。

「な、何があったの？」

この場合、明《めい》が狼狽《うろた》えるのも当然だろう。

「B組では何もありませんよ、明《めい》さん。だって私はもう、B組の生徒ではなくなりますから」

「……もしかしてクラスが下がった？」

訊《たず》ねる声は「恐る恐る」と表現しても過言ではない遠慮がちなもの。

「下がりましたよ！　D組ですよ！」

いきなり小陽《こはる》が爆発した。

客観的にはそれほど大声を張り上げたわけではない。だが直前との落差が大きくて「爆発」という印象になった。

「頑張ったのに……。BからDに落ちるなんて」

小陽《こはる》としては切実な本音だったのだろう。しかしこれはいささか、いや、かなり不適当な発言だった。

「悪かったね、D組で」

平坦《へいたん》な声で日和《ひより》が口を挿《はさ》む。口調に棘《とげ》は無い。だが感情のこもっていないセリフが余計に、彼女の不快感を表していた。

「あっ……、そ、そうじゃなくて」

慌てて言い訳しようとする小陽《こはる》。だが続く言葉が出てこない。

「日和《ひより》、小陽《こはる》はD組を貶《けな》しているのでも、ましてや貴女《あなた》のことを馬鹿にしているのでもないと思うよ」

見かねたアリサが助け船を出す。

「順位が下がった自分を情けないと思っているだけだよ、きっと」

「うん、分かってる」

すぐにそう応えたところを見ると、日和《ひより》も本気で怒っていた、あるいは拗《す》ねていたわけではないようだ。

「……あの、ごめんなさい、日和《ひより》さん」

小陽《こはる》が少しほっとした雰囲気を滲《にじ》ませながら日和《ひより》に謝罪した。

「気にしないで良いよ。一ヶ月間、よろしく」

「はい！　よろしくお願いします」

「どうやらこっちは丸く収まったみたいね……。で？」

和解した小陽《こはる》と日和《ひより》を横目で見ながら、明《めい》が茉莉花《まりか》に話し掛ける。

「茉莉花《まりか》もクラスが下がったの？」

「ううん。Bのままだった……」

明《めい》の問い掛けに茉莉花《まりか》は力無く首を横に振った。

「だったら良《い》いじゃない」

明《めい》が掛けた慰めは半分呆《あき》れ声だ。

「でも、アーシャと同じクラスになりたかったのに！」

それに反論する形で茉莉花《まりか》は、半泣き声になって訴えた。

「……来月頑張れば良いじゃない」

明《めい》は気圧《けお》されながらも正論を返す。

「今月の試験科目は加速・加重系。来月は移動・振動系。あたしは移動系より加速系の方が得意なの。今月はチャンスだったのにっ！」

半泣きの声でそう言った後、茉莉花《まりか》は膝の上で手を握り締めて俯《うつむ》いた。これ以上感情が高ぶると、本当に泣き出してしまうかもしれない。

「ミーナ、落ち着いて」

さすがにこれ以上は放置できないと考えたのだろう。アリサは茉莉花《まりか》の握り締められた手に、そっと自分の手を重ねた。

「ミーナが頑張っているみたいに同級生の皆《みんな》も頑張っているの。努力は報われるものだと私は信じているけど、勝利や順位は約束されていないと思う。だって競う相手も努力しているに違いないから」

「……うん、そうだね」

「だからもっと頑張ろうよ。わたしと一緒に」

「アーシャと一緒に……？」

茉莉花《まりか》が顔を上げて、首を傾《かし》げる。

アリサは今回のクラス編成でもA組に入っていた。今以上の努力が必要とは、茉莉花《まりか》には思われない。

「私、移動系は得意だけど振動系は苦手だから。五月の試験で今の順位を維持する為《ため》には今よりもっと努力しないと。移動系は私がコーチして上げるから、ミーナは振動系を手伝って欲しいな」

「……でも、あたし、振動系は『苦手じゃない』ってだけだよ？」

「じゃあ、一緒に練習しようよ」

「……うん。あたし、アーシャと特訓する！　頑張って六月こそ一緒のクラスになるんだ！」

「ええ、頑張りましょう」

アリサと茉莉花《まりか》が二人で盛り上がるのを見て、小陽《こはる》が日和《ひより》に「私たちも特訓しましょうか」と小声で提案し、日和《ひより》は明《めい》に「分からないところがあったら訊《き》いても良い？」と訊《たず》ねた。

◇　◇　◇

この日の夕方、茉莉花《まりか》と一緒に下校したアリサはそのまま親友のマンションにお邪魔した。五月の実技試験対策を今から練ろうという話になったのだ。

少々気が早い、という感は否《いな》めない。実技試験の課題となる分野は、まだ授業が始まってもいないのだから。

だが「思い立ったが吉日」とばかり、二人は早速対策を練ることにしたのだった。——それを口実に「お家《うち》デート」をしている、と言えなくもない。二人が同性でなければ、そう言い切れる状況だった。

茉莉花《まりか》が着替えている間に、アリサはエプロンを着けミルクティーを入れる。台所を使うのにいちいち断りを入れたりはしない。このマンションのキッチンは、アリサと茉莉花《まりか》の共用のような物だった。

着替えを終えた茉莉花《まりか》が、台所に来てお揃《そろ》いのエプロンを着ける。紅茶はもうカップに注ぐだけとなっていたので、茉莉花《まりか》はお茶菓子の準備を始めた。冷蔵庫を開けて、白いホールケーキを取り出す。

「わぁ、美味《おい》しそう！　レアチーズケーキ？」

「ううん。ギリシャヨーグルトをレアチーズの要領で固めてみたの」

「そうなんだ。楽しみ」

アリサが目を輝かせている前で、茉莉花《まりか》はヨーグルトケーキをきれいに切った。乱れの無い断面は、御菓子《おかし》作りに関する彼女の熟練度を示している。――残念ながら魔法の実技試験には何の役にも立たないスキルなのだが。

幸い、そんな野暮なツッコミをする者は今この場にはいない。二人は笑顔で紅茶とケーキが載ったテーブルを囲んだ。

「やっぱり問題は練習場所とコーチの確保だと思うんだよね」

ミルクティーを飲みながら茉莉花《まりか》が最初に言い出した切り口は、予想外と言っては彼女に失礼かもしれないが、随分と真っ当なものだった。

「場所はともかく……、コーチは難しいんじゃないかな」

茉莉花《まりか》の思い付きに、アリサは真面目な意見を返した。他人にはどう見えても、二人は学業について対策を真剣に話し合うつもりでいたのだ。

「先生も放課後に少しくらいなら付き合ってくれるんじゃやない？」

「どうだろう。授業時間ならともかく、放課後は……。クラスの生徒全員を相手にしている時間は無いだろうし、一部の生徒だけに教えていると贔屓《ひいき》って騒ぎになりそう」

「そっかぁ……。まあ、仕方がないか。元々実技成績順のクラス編成は先生の不足に対応したものだもんね」

　仕方がないと言いながら、茉莉花《まりか》には余り落胆した様子が無かった。先生に頼るというアイデアは、無理だと分かった上で言ってみただけだったのかもしれない。

「じゃあ自分たちでやるしかないね。どこで練習しようか」

「……ミーナは気が進まないと思うけど、克人《かつと》さんにお願いすれば場所を貸してもらえると思うよ」

　アリサが躊躇《ためら》いがちな口調で提案する。

「旧第十研の施設かぁ」

　アリサが予想したとおり茉莉花《まりか》は「気が進まない」という心情を小さく顰《しか》めた表情で語った。

「克人《かつと》さん」が十文字家《じゆうもんじけ》の現当主ということは、茉莉花《まりか》に今更説明するまでもない。十文字《じゆうもんじ》家《け》が閉鎖された旧第十研の施設を管理していることも茉莉花《まりか》は知っていた。

　旧第十研は四葉家《よつばけ》が乗っ取った旧第四研と違って今でも国有財産だ。十文字家《じゆうもんじけ》といえど自由に使えるわけではない。だが施設の一部、例えば訓練場の利用は国から認められている。

　茉莉花《まりか》は、そういう細かい事情までは知らなかった。だが常識的に考えて十師族《じゆっしぞく》に名を連ねる十文字家《じゆうもんじけ》が、何時《いつ》でも使える私的な魔法訓練施設を確保していないはずはない。茉莉花《まりか》も当然のように、そう考えていた。

「……アーシャには悪いけど、やっぱり遠慮したいかな」

「そうだよね」

克人《かつと》個人に対する感情、十文字家《じゆうもんじけ》に対する印象は別にしても、茉莉花《まりか》が旧第十研の施設を利用するというアイデアに抵抗感を懐《いだ》くのは当然だ。アリサは茉莉花《まりか》の答えを聞く前からそう考えていた。

茉莉花《まりか》の苗字《みようじ》「遠上《とおかみ》」は、元々「十神《とおがみ》」と言った。彼女は旧第十研の「数字落ち《エクストラ》」の家系だ。

茉莉花《まりか》自身は旧第十研と、全くと言って良いほど接点がない。彼女自身は数字落ち《エクストラ》だからと嫌な思いもしていない。少なくとも、覚えている限りでは。

しかし祖父が研究所を追放され、父親は魔法の才能を持ちながら魔法技能で身を立てられなかった。兄も魔法師の道を断念した。これらは全て、研究所が祖父から数字の付いた苗字《みようじ》を剝奪した結果だ。

茉莉花《まりか》自身も、アリサのことが無ければ魔法科高校に進学しようとは思わなかっただろう。自分が直接嫌な思いをしていないとはいえ、少なからぬ蟠り《わだかま》を懐《いだ》いてしまうのは人である以上仕方が無い。

「となると、なんとかして学校で場所を確保するしかないね」

実を言えばアリサは最初から、「それしかないだろうな」と考えていた。

「でも競争、激しくない？」

魔法を練習する場所が欲しいのはアリサたちだけではない。十師族《じゅっしぞく》や百家《ひゃっけ》ナンバーズならば練習用の施設を私有しているだろうが、そうでない家の出身者の方が多いのだ。それに、実技の月例試験があるのは一年生だけではなかった。

「そうなんだよね……。どうしよう？」

二人が揃《そろ》って頭を捻《ひね》る。

だが相手のあることだ。テーブルを挟んで考えているだけで上手《うま》い解決策が出てくる問題ではなかった。

◇　◇　◇

五月最初の土曜日の放課後、アリサと茉莉花《まりか》は風紀委員の当番で校内を巡回していた。

実技棟を一通り回って昇降口から外へ。いったんグラウンドへ足を運んだ後、図書館前まで戻ってきて、二人はベンチで一休みした。

「練習場所、どうしようか」

茉莉花《まりか》が手詰まり感を匂わせる口調でアリサに問う。

「本当に、どうしよう」

アリサは途方に暮れた顔で、親友に同じフレーズを返す。

二人は同じような「悩んでいるポーズ」で固まった。

そのまま暫《しば》し、時が流れる。

ベンチに座り込んだ二人の前で立ち止まる二つの人影。

「どうしたの？」

優しい口調で声を掛けられ、アリサと茉莉花《まりか》が同時に顔を上げる。

顔を上げるだけでなく、二人はすぐに立ち上がった。

「あっ、部長」

反応したのは茉莉花《まりか》だった。

（……誰？）

アリサには、声を掛けてきた（多分）上級生が誰だか分からなかった。

身長は百六十五センチのアリサより五センチ以上低い。やや明るい色のロングヘア。切れ長の目には何となく見覚えがあるような気がする。

その女子の背後に立つ上級生が誰なのかは考えなくても分かった。風紀委員長の裏部《うらべ》亜季《あき》だ。

亜季《あき》はアリサの戸惑いを見て「やっぱりね……」という表情を浮かべた。

「千香《ちか》、自己紹介」

亜季《あき》が遠慮の無い口調でもう一人の上級生に名乗るよう催促する。

「直接お話しするのは初めてだったかしら？」

彼女は淑《しと》やかな言葉遣いでアリサに話し掛けた。

「三年C組の北畑千香《きたはたちか》です。マーシャル・マジック・アーツ女子部の部長も務めさせてもらっています」

「い、一年A組の十文字《じゅうもんじ》アリサです。よろしくお願いします」

アリサが慌ててしまったのは、目と耳から入ってきた情報と記憶している情報の食い違いで思考が混乱しているからだった。

（えっ、嘘《うそ》？　……北畑《きたはた》先輩？）

（このお淑《しと》やかそうな先輩が？）

（本当に？）

マーシャル・マジック・アーツ部の北畑《きたはた》部長と言えば凛々《りり》しいたたずまいと伝法《でんぽう》な口調で、ともすると美少年に見間違えられる少女だったはずだ。――少女と言っても年上だが。お淑《しと》やかで優雅ですらあるフェミニンなこの上級生と同一人物とは中々に信じ難《がた》かった。

「アーシャは部長のこの格好を見るのは初めてだったよね？」

だが茉莉花《まりか》は目の前の女生徒を北畑千香《きたはたちか》として扱っている。アリサと茉莉花《まりか》の付き合いだ。嘘《うそ》や冗談でないのは見ているだけで分かる。

「驚かせてしまったみたいね」

しかし「うふふ」と目の前で上品に笑う姿と記憶の中で荒々しい雄叫《おたけ》びを上げている姿が、

やはりどうしても重ならなかった。

「……十文字《じゅうもんじ》さんが混乱するのも分かるわ」

困惑するアリサを見かねた亜季《あき》が、深い同情のこもった声で口を挿《はさ》んだ。

「信じられないかもしれないけど、千香《ちか》は二重人格というわけじゃないのよ」

「二重人格だなんて……亜季《あき》、酷《ひど》いわ」

今にも「よよよ」と泣き崩れそうな声で千香《ちか》が茶々を入れる。いや、今の彼女にしてみれば大真面目な抗議だったのかもしれない。

「お黙《だま》り」

亜季《あき》はそれをバッサリと切り捨てた。

「アンタのそれを初めて見たら百人中九十九人は別人だと思うわよ」

「えっ、そうかしら……」

千香《ちか》が片手に頬を当てて首を傾《かし》げる。あざといというより古風な仕草だ。

「かつらを付けている以外は、大してメイクもしていないのだけど」

ウィッグでなくかつらという表現が今の千香《ちか》にはしっくりくる。いっそ制服でなく振袖とか袴《はかま》姿とかの方が似合いそうだった。

ただ言われてみれば、髪が長くなっている以外はアリサの記憶の中にあるマジック・アーツ部女子部部長の顔と一致している。ウィッグ一つでこんなに印象が変わるものかとアリサは驚

くと共に感心してしまった。

しかし何故千香《なぜちか》はかつらを着けているのだろう。確かにかつらの着用を禁じる校則は無い。もしかしたらアリサが知らないだけで、ウィッグを着けて授業を受けている生徒は他にもいるのかもしれない。

だが少なくともアリサが千香《ちか》のこの姿を見るのは、今日が初めてだ。普段は使っていないのだから、今日かつらを着けているのは何か理由があるのでは、とアリサは考えた。

ただ、もしかしたら千香《ちか》には、訊《き》いてはいけない深い事情があるのかもしれない。

そう考えて、アリサは質問を自制した。

「これ、特に深い意味は無いのよ?」

しかし彼女の中でうずく好奇心は、表情に漏れ出てしまっていたようだ。

千香《ちか》は首を右に少し傾け、右手でウィッグの長い栗色《くりいろ》の髪を一房掬《すく》ってアリサに笑い掛けた。

「今朝は何となくそういう気分だったの」

「気分、ですか」

「ええ。今朝はお茶が上手に点《た》てられたから」

(お茶? 点《た》てる?)

今の千香《ちか》ならば「お茶を点《た》てる」というフレーズも違和感が無い。

だが普段の彼女は、イメージ的に茶道と結びつかなかった。

「十文字《じゅうもんじ》さん、貴方《あなた》の気持ちは本当に良く分かるわ」

戸惑っているアリサに亜季《あき》が再び、同情を込めて言葉を掛ける。

「でも、気にしちゃダメよ。これには深くない事情があるの」

聞き間違えだろうか？　とアリサは思った。

「……深い事情じゃなくて、深くない事情なんですか？」

「そうよ。大した理由じゃないの。とにかく、千香《ちか》はこういう生き物だと思ってちょうだい」

「まぁ。親友に対して『生き物』だなんて、失礼しちゃうわ。十文字《じゅうもんじ》さんも、そう思わない？」

怒り方まで時代錯誤というか、古めかしくおっとりしている。正直に言って「深くない事情」が何なのか気になったが、千香《ちか》に訊《き》いてもおそらく「暖簾《のれん》に腕押し」だろう。

アリサは亜季《あき》の忠告に従うことにした。

「……そうですね」

具体的には、適当に相槌《あいづち》を打って流した。

「それより二人とも、どうしたの？」

多分「このままだと徒《いたずら》に時間だけが過ぎていく」とでも考えたのだろう。亜季《あき》が千香《ちか》を押しのけるようにしてアリサと茉莉花《まりか》に問い掛ける。

「何か悩んでいたみたいだけど？」

「はい、委員長。実は……」

千香《ちか》の二面性に慣れていた茉莉花《まりか》が、余りのギャップがもたらす衝撃から回復し切れていないアリサよりも先に、亜季《あき》の問い掛けに答えた。

「……実技の練習場所か。確かに悩ましい問題ね」

亜季《あき》が納得顔で頷《うなず》く。彼女も場所取りには苦労しているのかもしれない。

「十文字《じゅうもんじ》さんのご自宅を使えば良いのではないの？」

横から千香《ちか》が不思議そうに口を挿《はさ》む。

「遠上《とおかみ》さんとしたら、心情的にそうもできないでしょ」

亜季《あき》の口調は千香《ちか》を咎《とが》めるもの。どうやら亜季《あき》も千香《ちか》も茉莉花《まりか》が数字落ち《エクストラ》の家系だということは知っているようだ。

「そうかしら？　十文字家《じゅうもんじけ》が管理しているのは旧第十研の施設なのでしょう？　遠上《とおかみ》さんにも利用する権利はあるわ。それにお祖父様やお父様が嫌な思いをさせられたのだから、踏み台にするくらいでちょうど良《い》いと思うのだけど」

（あっ、北畑《きたはた》先輩だ）

この図太い主張を聞いて、目の前のお淑《しと》やかな上級生と男前なマジック・アーツ部女子部長がアリサの中でようやくつながった。

この千香《ちか》の発言をアリサは「北畑《きたはた》先輩らしい」としか感じなかったし茉莉花《まりか》も「そういう考

え方もあるのか」としか思わなかったのだが、亜季《あき》にとっては看過できない暴論だったようだ。

「千香《ちか》……、誰もが貴女《あなた》のように割り切れるわけではないのよ」

彼女は語気を強めて千香《ちか》をたしなめた。

「そうかもしれないわね。じゃあ私はこれ以上余計なことを口走る前に退散するわ。遠上《とおかみ》さん、十文字《じゅうもんじ》さん、見回りとお勉強、頑張ってね」

千香《ちか》が丁寧なお辞儀をして止めていた歩みを再開する。

「演習室の場所取りで悩んでいるなら、生徒会に相談してみたら？」

亜季《あき》がそうアドバイスを残して千香《ちか》の横に並んだ。

アリサと茉莉花《まりか》が「そういえばそうか」という表情で顔を見合わせる。二人は早速、生徒会室のある本校舎四階へ向かった。

◇　◇　◇

本来生徒会室は気軽に入れる場所ではない。だが二人は風紀委員として何度も足を運んでいるので慣れていた。役員の方でもアリサの兄で副会長の勇人《ゆうと》や二人の友人で書記に任命されている明《めい》に影響されたのか、会長の詩奈《しいな》や会計の侍郎《さぶろう》もアリサたちのことは既に身内扱いだ。二人は今日もドアを叩《たた》くだけで、すぐ中に入れてもらえた。

「月の前半はそんなに混まないみたいよ」

演習室の利用状況について訊《たず》ねた茉莉花《まりか》に、明《めい》はそう答えた。

「ただ後半になると空いている部屋を見付けるのが難しくなるわね。当日に利用申請を出してもまず無理だし、予約は抽選になるわ」

「そうなんだ……」

「私たちが一年生の時はこんなに混んでなかったのよ」

一年生三人の会話を聞いていた会長の詩奈《しいな》が口を挿《はさ》んだ。

「自習する生徒が全然いなかったわけじゃないけど」

「確かに、演習棟の部屋が全部埋まってしまうなんてことは無かったな」

会計の侍郎《さぶろう》が会話に加わる。

「成績順のクラス分けが始まってからだよね」

「分《わ》かり易《やす》くマウントが取れるからな」

詩奈《しいな》のセリフに頷《うなず》く侍郎《さぶろう》の表情は、少し苦かった。

「この学校にもマウントの取り合いなんてあるんですか？」

意外そうに茉莉花《まりか》が訊《たず》ねる。

「……そりゃあ、あるよ」

それに対し、侍郎《さぶろう》が面白くなさそうに頷《うなず》いた。

「マウントの取り合いというと印象が悪いけど、競争は必要だからね。実力が評価されないよりは健全だ」

「前の制度では二科生がどれだけ努力しても一科・二科の枠組みは固定されていたからね」

そう言う詩奈《しいな》は、気の所為《せい》か何となく遠い目をしている。

それだけ酷《ひど》い状態だったんだろうな、と茉莉花《まりか》だけでなくアリサも思った。

「全生徒が実力の向上を目指して競い合う現状は健全だということですね」

「成績を鼻に掛けて自分より順位が低い生徒を見下すようなことになったら困りものだけど。今はまだ、そこまで状況は悪くなっていない」

アリサの言葉に、侍郎《さぶろう》が苦笑気味に頷《うなず》く。

「ただ、競争が日に日に激しくなっている感じはあるね。今月は先月より演習室の確保は厳しくなりそう」

その後、詩奈《しいな》が申し訳なさそうに付け加えた。

「……そういうわけだから、演習室を使いたいなら今の内よ。もっとも、試験前に練習ができないのは辛《つら》いよね」

明《めい》がそう言って少しの間、首を傾《かし》げる。

「学校で練習場所を探しているということは、アリサのお家《うち》を使いたくない理由があるのね？」

茉莉花《まりか》は自分から数字落ち《エクストラ》であることを触れ回ったりしていない。明《めい》の五十里家《いそりけ》は百家《ひゃっけ》本流・数字付き《ナンバーズ》なので、調べようと思えば茉莉花《まりか》の遠上家《とおかみけ》と旧第十研の関係を突き止めることも多分不可能ではない。だが明《めい》は友人の事情を無闇に詮索するような真似《まね》を好まなかった。だから明《めい》は、茉莉花《まりか》が数字落ち《エクストラ》だということを知らない。「十文字家《じゅうもんじけ》の施設を使いたくない」というのは単なる推理だ。

なお副会長で、十文字家《じゅうもんじけ》が話題になっているという意味では当事者の勇人《ゆうと》は今ここにいない。部活連との打ち合わせで席を外している。

茉莉花《まりか》は明《めい》の質問に、あっけらかんとした口調で「まあね」と答えた。そこに深刻さは影も形もない。

「じゃあ、家に来る?」

「家って、五十里家《いそりけ》に?」

明《めい》の提案に、茉莉花《まりか》は意外感を隠せない。アリサも「えっ?」という顔をしている。

「もちろん、術式の秘密を探るような真似《まね》はしないわ」

明《めい》が大真面目な顔で断言する。

「そんなことは心配してないけど……アーシャ、どうする?」

「私だけでは……。克人《かつと》さんに訊《き》いてみないと」

茉莉花《まりか》に意見を求められて、アリサは困惑顔で答えた。

「返事は何時《いつ》でも良《い》いわよ。なんなら前の日でも」

「……うん。ありがとう」

太っ腹な態度を見せる明《めい》に、アリサはお座なりでない御礼《おれい》を述べた。

「アーシャがダメだったらあたしだけでもお願いできる？」

「もちろん、良《い》いわよ」

そして「一人だけでも」とやる気を見せる茉莉花《まりか》に、明《めい》は快く頷《うなず》いた。

［閑話・二］

十師族《じゅっしぞく》・十文字家《じゅうもんじけ》の三男である竜樹《たつき》は地元の第一高校に進学せず金沢《かなざわ》の第三高校に入った。背景に何か謀略的なものがあったわけではない。家族間の感情のこじれが理由。具体的には、父親が浮気《うわき》相手と作った娘を家族として引き取っていることに納得できないのだ。

端《はた》から見れば子供じみた拘《こだわ》り。竜樹《たつき》自身も時々「俺は何をしているんだ」と考えることがある。だがそれも仕方があるまい。子供っぽい感情に振り回されることは大人だってある。まして や、十五歳はまだ大人ではない。

それに竜樹《たつき》は、前を向いて歩んでいる。正しい方向に進んでいるのかどうかは誰にも分からない。それは未来だけが知っていることだ。少なくとも竜樹《たつき》は第三高校生として、怠惰とも放埒《ほうらつ》とも誹《あなど》られることのない高校生生活を送っている。

今日も彼は風紀委員として学校内の巡回を真面目に遂行している。その年の首席入学生を風紀委員に任命するのが三高本来の慣例だ。竜樹《たつき》は次席入学。首席の一条茜《いちじょうあかね》に委員会活動ができない事情がある為《ため》の代役なのだが、だからといって腐らずに、彼は風紀委員の役目を果たしていた。

もっとも、「真面目に」と言っても見回りの途中で一休みくらいはする。ちょうど、今のように。

竜樹《たつき》は今、巡回で立ち寄った武道場のギャラリー（二階の高さに取り付けられた回廊状の観戦用通路）に立ち、そこで行われている練習風景を眺めていた。

活動中の部活は柔道部とマーシャル・マジック・アーツ部。三高は「尚武」を校風に掲げるだけあって武道系、格闘技系の施設が充実している。この武道場も、二つのクラブが同時に活動して十分に余裕がある広さを持っている。一高の武道・格闘技系クラブが利用している小体育館より明らかに広い。

柔道部には彼のクラスメートでアパートの隣人でもある伊倉左門《いくらさもん》が所属している。竜樹《たつき》はしばらく、左門《さもん》の組手を見学していた。

彼の練習を見るのはこれが初めてではないが、改めて「強い」と感じる。

乱取りの相手は上級生、多分三年生だ。横幅はともかく、上背は相手の方が上。しかも、良く鍛え込まれているのが柔道着の上からでも分かる。普通に考えれば先々月まで中学生だった左門《さもん》よりも筋力やスタミナは勝っているはずだ。技術だって常識的には経験が長い上級生の方が勝っているだろう。

だが竜樹《たつき》が見たところ、優勢なのは左門《さもん》の方だった。まず筋力で、上級生の方が明らかに振り回されている。未《いま》だに「柔よく剛を制す」の理念を誤解して柔道に腕力は必要ないと思い込んでいる者もいるが、相手を捕まえて技を掛ける以上、腕力は絶対的に必要だ。腕の力だけでなく脚力も、腹筋力も、背筋力も。

技術と柔軟性を伴っていることが必要不可欠の条件だが、筋力は強ければ強いほど良《い》い。柔道に関して言えば「柔よく剛を制す」と言うよりむしろ「小よく大を制す」と表現した方が適切かもしれない。

今の左門《さもん》がまさにその実例だった。自分より体格に勝る上級生を振り回している。それも力任せにではなく、前後左右に揺さぶり相手の体勢を崩している。

上級生が決定的に体勢を崩した瞬間、左門《さもん》がスッと相手の懐《ふところ》に入った。

次の瞬間、相手の身体《からだ》が魔法のように宙を舞う。

「お見事」

竜樹《たつき》は思わず、そう呟《つぶや》いていた。

魔法のようにと言っても当然、魔法ではない。自分の身体《からだ》をコントロールし相手の身体《からだ》をコントロールする技術、「技」だ。繰り返しになるが、竜樹《たつき》が左門《さもん》の稽古を見るのはこれが初めてではない。だが左門《さもん》の実力は、どうやら竜樹《たつき》が考えていたよりもかなり上だったようだ。あるいは、短期間で飛躍的に成長しているのかもしれない。

左門《さもん》が投げ飛ばした相手に手を貸して立たせる。そしてお互いに礼をして、壁際《かべぎわ》に向かって歩き始める。どうやら一休みするようだ。その途中で顔を上げた左門《さもん》と、竜樹《たつき》の目が合った。

左門《さもん》が笑顔で手を上げる。そして竜樹《たつき》のすぐ下に歩み寄り立ち止まった。

「見回りか？」

左門《さもん》の方から声を掛けられ、竜樹《たつき》は「そうだ」と応じる。

「調子が好《よ》さそうだな」

その後に竜樹《たつき》は、こう付け加えた。

「まあな、絶好調だぜ」

左門《さもん》が親指を立ててニカッと笑う。

「まだ時間はあるだろ？」

「ああ、あと少しなら」

「だったらあっちも見ていけよ。見物《みもの》だぜ」

てっきり自分の活躍を見て行くよう言われると思っていた竜樹《たつき》は、意外感を覚えながら左門《さもん》の指差す方へ目を向けた。

そこではマーシャル・マジック・アーツの女子部が試合形式で組手を行っていた。何組も同時に対戦するのではなく、一組ずつ対戦する形式だ。

「おっ、ナイスタイミング」

左門《さもん》が声を上げる。竜樹《たつき》に話し掛けたというより独り言のような口調だった。

二人の女子がマットの中央に進み出て向かい合う。竜樹《たつき》はまだ一年生二百人の顔を全て覚えているわけではなかったが、その二人には見覚えがあった。

（一条茜《いちじょうあかね》と劉麗蕾《リウリーレイ》か）

学籍名簿上の名前は一条茜《いちじょうあかね》と一条《いちじょう》レイラ。だが一条《いちじょう》レイラの正体は大亜連合の国家公認戦略級魔法師・劉麗蕾《リウリーレイ》だという噂《うわさ》がある。竜樹《たつき》はこの一ヶ月間、彼女をそれとなく観察することで噂《うわさ》は事実だとほぼ確信していた。

彼の名誉の為《ため》に一言添えておくと竜樹《たつき》はストーカーでものぞき魔でもない。彼は十文字家《じゅうもんじけ》の一員として、大亜連合の劉麗蕾《リウリーレイ》が何を目的として日本の魔法科高校に通っているのか、一条家《いちじょうけ》は如何《いか》なる意図を持って長女に劉麗蕾《リウリーレイ》と行動を共にさせているのか、それを探ろうと考えているのだ。……今のところ成果は全く上がっていないが。

一条茜《いちじょうあかね》と劉麗蕾《リウリーレイ》――竜樹《たつき》にとっては、確信しているとはいえ彼女の正体はまだ推測の域に留まる――が構えを取る。まるで鏡に映したようにそっくりな構えだった。茜《あかね》が左前構え、劉《リウ》麗蕾《リーレイ》が右前構えだから余計に鏡映しという印象が強まっている。

(空手じゃないな……。二人ともベースはウーシューか)

ウーシューは東亜大陸で発展した拳法を近代スポーツ化した格闘技で、日本では武術太極拳《ぶじゅつたいきょくけん》とも呼ばれている。国内にも百年以上前から愛好家がいる。だから一条茜《いちじょうあかね》がウーシューを学んでいてもそれほど不思議ではない。

だが竜樹《たつき》は、茜《あかね》の技は劉麗蕾《リウリーレイ》から学んだものと考えた。――いや、決めつけた。

練習試合開始の合図と共に、茜《あかね》と劉麗蕾《リウリーレイ》は激しい打ち合いを始めた。間合いの読み合いで有効打を狙うのではなく、攻撃を重ねて隙を作る。

採点に当たって手数を重視する現代ボクシングに通じる戦術だ。

驚くべきことに、竜樹《たつき》が見る限りお互いにクリーンヒットは無い。オフェンス一辺倒に見えて、しっかりディフェンスしている。

卓越したスピードで有効打を避ける茜《あかね》。

巧みな捌《さば》きで攻撃を逸《そ》らしている劉麗蕾《リウリーレイ》。

（技は劉麗蕾《リウリーレイ》の方が上だが……押しているのは一条茜《いちじょうあかね》の方だな）

二人の攻防を見ながら竜樹《たつき》はそう思った。そして、自分が何故《なぜ》そう感じたのか理由を考えて
「魔法か」と呟《つぶや》いた。

「お前もそう思う？」

すぐ横から聞こえてきた声に、竜樹《たつき》は辛《かろ》うじて動揺を隠した。

振り向いた視線の先にいたのは左門《さもん》。竜樹《たつき》は彼がフロアからギャラリーに移動したのに気付いていなかった。それだけ茜《あかね》と劉麗蕾《リウリーレイ》の組手に集中していたのだった。

左門《さもん》には竜樹《たつき》の動揺に気付いた様子は無い。もしかしたら気付かないふりをしてくれているのかもしれない。無骨な外見に反して、左門《さもん》はそういう気配りができるタイプだった。

「さっきからずっと、一条《いちじょう》レイラは魔法を使っていないよな？」

「……全く使っていないわけじゃない」

短いタイムラグは動揺を克服するのに要した時間だ。何とか平常心を取り戻した竜樹《たつき》は左門《さもん》

の言葉に小さく頭《かぶり》を振る。

「一条茜《いちじようあかね》が撃ち込む微弱な電撃を、一条《いちじよう》レイラは電磁場遮断の魔法で防いでいる」

「へぇ、良く分かるな。さすがは十師族《じゆっしぞく》だ。……おっと、こういう言われ方は嫌だったか？」

左門《さもん》のセリフの後半は、竜樹《たつき》が微妙に顔を顰《しか》めたのを見たからだ。

「いや、そういうわけじゃない。一条茜《いちじようあかね》が何をしようとしているのか分からないのに褒められてもな、と思っただけだ」

「電気ショックを与えようとしているんじゃないのか？　あれ、そう言えばマジック・アーツで電撃って認められていたっけ？」

「非接触状態からの電撃は反則だ。逆に言えば、接触した状態ならルール違反にならない」

左門《さもん》の質問に答えながら、竜樹《たつき》は別のことを考えていた。

左門《さもん》が茜《あかね》の魔法に気付かなかったのも無理はない。茜《あかね》が組手の中で行使した魔法は、本当に微弱なものだった。あの程度の電流を浴びたところで、少しピリッとするくらいだ。普通に考えればダメージにはならない。

多少は次の行動が阻害されるかもしれない。劉麗蕾《リウリーレイ》はそれを嫌ったのだろうか？　だが魔法の行使に割く意識のリソースを収支に含めれば、茜《あかね》の電撃魔法は敢《あ》えて防御する程のものではない気がする……。

竜樹《たつき》がそんな推理を重ねている内に、練習試合は決着の時を迎えていた。

風車のように両腕を振り回す劉麗蕾《リウリーレイ》の打ち下ろしに合わせて茜《あかね》が両手突きを繰り出す。拳ではなく開掌《かいしょう》――開いた手の平だ。

劉麗蕾《リウリーレイ》の右手が茜《あかね》の左肩に打ち込まれる。

だが威力が伝わり切る前に、茜《あかね》の両手が劉麗蕾《リウリーレイ》を突き飛ばした。

背中からマットに落ちる劉麗蕾《リウリーレイ》。

茜《あかね》の追撃は無い。彼女は倒れた劉麗蕾《リウリーレイ》の許《もと》に歩み寄り、右手を差し出した。

その手を摑《つか》んで劉麗蕾《リウリーレイ》が立ち上がる。何の合図も無かったが組手は終了ということだろう。

竜樹《たつき》は茜《あかね》と劉麗蕾《リウリーレイ》に向けていた視線を切って、フロアに降りる階段の方へ歩き出す。その背中に左門《さもん》が続いた。

竜樹《たつき》はそのまま巡回に戻るのではなく、武道場のロビーに置かれている飲料コーナーで立ち止まった。彼自身はそれほど喉は渇いていなかったが、左門《さもん》に誘われたのだ。

竜樹《たつき》が自販機から炭酸水を購入する。左門《さもん》は水だ。ここには有料の自販機だけでなく、ただで水が飲めるウォーターサーバーが備わっていた。

「あの二人、どうだった？　見物《みもの》だっただろ」

二杯目の水を満たした備え付けの紙コップを手に持って左門《さもん》が得意げに訊《たず》ねる。そのしたり顔には軽い苛立《いらだ》ちを覚えたが、見物《みもの》だったのは確かだ。

「ああ。正直に言って、驚いた。予想を超える実力だったよ」

「あら、光栄ね」

いきなり背後から、会話に割り込む声。

竜樹《たつき》はさっき左門《さもん》に声を掛けられた時のように驚いたりしなかった。誰かが近付いていたことは察知済みであり、彼は落ち着いて振り返った。

「十文字家《じゅうもんじけ》の人に絶賛してもらえるなんて」

竜樹《たつき》に話し掛けたのは一条茜《いちじょうあかね》だった。彼女のすぐ後ろには劉麗蕾《リウリーレイ》が控えている。

「絶賛か。それに値する技だったと思う」

「あれっ、認められちゃった。悪巫山戯《わるふざけ》のつもりだったんだけど」

大真面目な表情で頷《うなず》いた竜樹《たつき》に、茜《あかね》は当てが外れたような顔を向ける。

「十文字《じゅうもんじ》君、真面目なんだね」

「知っているようだから名乗る必要は無いかもしれないが、十文字竜樹《じゅうもんじたつき》だ。こうして話をするのは初めてだったと思う」

竜樹《たつき》はあくまでも生真面目なペースを崩さない。

茜《あかね》は「お手上げ」という感じで苦笑いを漏らした。

「そうね、直接話すのは初めてかな。一条茜《いちじょうあかね》よ。貴方《あなた》のことは兄からうかがっているわ。先日は留守にしていてごめんなさい」

「いや、こちらこそ事前に約束もせず失礼した」

実を言えば竜樹《たつき》は、金沢《かなざわ》に来て二週間が過ぎた日曜日に一条家《いちじょうけ》へ挨拶に出向いていた。だがその日、茜《あかね》は家を留守にしていたのだった。

「それは違うでしょう。十文字《じゅうもんじ》君は父に断りを入れてくれていたそうじゃない。それを私たち家族に伝え損なった父が悪いのよ」

「大袈裟《おおげさ》にしないようお願いしたのは私だ。お父上の所為《せい》ではないよ」

「了解。そういうことにしておくね」

頷《うなず》いた竜樹《たつき》は、茜《あかね》のすぐ後ろに目を向けた。

それを受けて、劉麗蕾《リウリーレイ》は自分から竜樹《たつき》の前へ進み出る。

「初めまして、十文字《じゅうもんじ》さん。一年A組の一条《いちじょう》レイラです。茜《あかね》さんとは義理の従姉妹《いとこ》の関係になります」

「初めまして。B組の十文字《じゅうもんじ》です」

竜樹《たつき》は「一条《いちじょう》レイラ」の正体を詮索しなかった。気にならないといえば嘘《うそ》になるが、彼の中では「一条《いちじょう》レイラ＝劉麗蕾《リウリーレイ》」の等式が既に固まっている。そのつもりで油断しなければ、仮に自分の思い違いであっても問題は起こらないと彼は割り切っていた。

「彼は同じB組の伊倉《いくら》」

竜樹《たつき》は左門《さもん》に一度目を向けることで茜《あかね》と劉麗蕾《リウリーレイ》の視線を誘導して、彼を簡単に紹介した。そして左門《さもん》に目配せで、「後は自分で」と自己紹介を促す。

左門《さもん》はその意図を読み損なわなかった。

「初めまして、一条《いちじょう》さんに一条《いちじょう》さん」

そう言って、左門《さもん》は決まり悪そうに小さく笑った。自分が口に出したフレーズが、間違いではないが間の抜けたものだったと感じたのだ。

茜《あかね》と劉麗蕾《リウリーレイ》も笑みを浮かべた。劉麗蕾《リウリーレイ》が単なる失笑だったのに対して茜《あかね》は苦笑気味だったという違いはあったが。

「私のことはレイラと呼んでください。十文字《じゅうもんじ》さんも、是非」

「私も茜《あかね》で良《い》いわ」

「ありがとう。では改めて茜《あかね》さん、レイラさん。俺は一年B組で柔道部の伊倉左門《いくらさもん》です」

今日武道場で活動しているのはマジック・アーツ部と柔道部で、柔道着を着ているのだから左門《さもん》が柔道部だということは一目瞭然だ。それなのに敢《あ》えて口にしたということは、柔道家であることが左門《さもん》にとってのアイデンティティになっているのかもしれない。

しかし茜《あかね》が注目したのは、そこではなかった。

「イクラ、サーモン？」

目を丸くして「冗談だよね？」と言わんばかりの口調で問い返す茜《あかね》。

「鮭《しゃけ》じゃねえ！」

その問いに対する左門《さもん》のツッコミは条件反射と言っても過言ではない間髪を入れぬものだった。もしかしたら昔から何度も間違えられているのかもしれない。

確かに茜《あかね》の勘違いは酷《ひど》いものだった。左門《さもん》の氏名は「いくらさもん」だが、彼は決して「いくらさーもん」とは発音していない。敢《あ》えて言うならイントネーションに誤解の余地が無くもなかったが、左門《さもん》が乱暴な口調になるのも無理はないと思われる。

「ゴ、ゴメン」

茜《あかね》は慌てて謝った。自分でも酷《ひど》い勘違いと思ったのだろう。

「そうだよね鮭《さけ》じゃないよね」

早口でそう言った後、茜《あかね》は「漢字ではどう書くの？」と訊《たず》ねた。

左門《さもん》がすぐさま、自分の名前を空中に大きく書く。

「分かった。『伊倉左門《いくらさもん》』君ね。理解した」

「次からは間違えないでよ、茜《あかね》さん」

そんなに念を押さなくても態《わざ》とでない限り二度も間違えることではないのだが。やはりこの妙な間違えられ方に苦い記憶があるのだろう。

「オーケーOK。もう間違えないよ」

茜《あかね》はそう応えた後、ウォーターサーバーに歩み寄った。どうやら彼女たちも水を飲みに来ていたようだ。

七分目まで水を注いだ紙コップを二つ、手に持った茜《あかね》が竜樹《たつき》へ振り返る。

「十文字君《じゅうもんじくん》、兄さんに何か伝言があるなら預かっておくよ」

露骨な話題転換だったが、竜樹《たつき》だけでなく左門《さもん》もそれを咎《とが》めなかった。

「今度、魔法大学で向こうのマジック・アーツ部と練習させてもらうことになっているんだ」

ただ、完全に話題を逸《そ》らすことばかりが目的でもなかったようだ。

「そういうことか……。だったら『御蔭様《おかげさま》で恙無《つつがな》く過ごしている』と伝えてもらえないだろうか」

「んっ、分かった。兄さんにはそう伝えておく」

「ありがとう」

「どういたしまして。……十文字君《じゅうもんじくん》ってさ、堅苦しいほど律儀《りちぎ》なんだね。私はそういう人、嫌いじゃないよ」

「ありがとう、と言うべきかな？」

竜樹《たつき》はそう言って、返事を待たずにその場を去った。

武道場を後にするその背中を、左門《さもん》がニヤニヤ笑いながら見送っていた。

［2］月例実技試験対策

五月三日、日曜日。

クラウド・ボール部の部活を終えたアリサは学校に戻って、同じく部活を終えた茉莉花《まりか》とカフェテラスで合流した。

「待った？」

そう訊《たず》ねたアリサに、茉莉花《まりか》は「少しね」と正直に答えた。ここで「全然（待ってない）」などと、今更気を遣う仲ではない。

「じゃあ、行こうか」

「何も飲まなくて良いの？」

「そんなに喉、乾いてないから。のんびりしてると遅くなっちゃうよ」

まだ夕方近くと言うほど遅い時間ではないが、良く晴れた空に君臨する太陽は西に傾き掛けている。家に帰るだけなら余裕の時間帯だが、二人はこれから明《めい》の家を訪ねる予定だった。

遊びに行くのではない。実技試験対策に、五十里《いそり》家の練習場を使わせてもらうのだ。

演習室の代わりに魔法の練習ができる場所を提供する、という明《めい》の好意に茉莉花《まりか》だけでなくアリサも甘えることにしたのは、言うまでもなく一緒に練習したいからだった。もちろん十《じゅう》文字《もんじ》家《け》当主の許可は得ている。

魔法技術の漏出につながりかねないアリサのわがままを、当主の座にある長兄の克人《かつと》は意外なくらいあっさり認めた。アリサの方が拍子抜けした程だ。

もっとも、アリサに驚きは無かった。彼女を北海道《ほっかいどう》からこの家に連れてきたのは克人《かつと》だ。彼はアリサと茉莉花《まりか》の事情を良く知っている。克人《かつと》が自分と茉莉花《まりか》の友情を考慮してくれたのだと分からないアリサではなかった。

五十里《いそり》家は東京の北西、旧埼玉《さいたま》県との境近くにある。第一高校からだと駅から駅で約三十分といったところだ。直線距離だとアリサや茉莉花《まりか》の住まいより遥《はる》かに近いのだが、現代の公共交通機関である個型電車《キャビネット》は途中で停車することがない為《ため》、時間で言えばそれほど差が生じない。

五十里《いそり》家はすぐに見付かった。まるで何かの工場のような広い敷地《しきち》だったからだ。建物も住宅と言うより工場か研究所のようだった。

「これは……。予想していたより凄《すご》いね」

アリサが感嘆を漏らす。

「明《めい》のお家《うち》って何か作っているのかな？」

茉莉花《まりか》はそんな疑問を口にした。

「作っているのは間違いないけど製造業の工場じゃないよ。研究所の方が近いかな？」

「アーシャ、知ってるの？」

「前に言わなかった？　五十里家《いそりけ》は刻印魔法の世界的な権威で、刻印魔法は魔法工学製品と密接な関係にあるのよ」

アリサの説明に、茉莉花《まりか》が腕を組んで考え込む。

「……聞いた気がする。つまり、明《めい》のお家《うち》は魔法具を作っているということ？」

「それが専門じゃないけどね」

そう答えながら、アリサは門柱のインターホンを押した。そしてすぐ話し掛けられるように、マイクに顔を近付ける。

ところが。

『明《めい》よ。今、開けるわ』

自分が口を開く前にそう言われて、アリサは軽く面食らってしまう。

インターホンのボタンを押したのが自分だということはカメラを通して見えているだろうから、名乗る前から名前を呼ばれたのは不思議ではない。ただ普通はこちらが来訪を告げてから鍵を開けてくれるものではないだろうか。明《めい》は、学校では感じなかったが、実はせっかちな質《たち》なのか。

そんなことを考えている内に、鍵だけでなく門扉《もんぴ》まで開いた。自動扉自体は珍しい物ではないが個人住宅で、しかも門扉《もんぴ》まで自動化している例は少ないのではなかろうか。まあ、元々個人住宅には見えない外観なのだが。

「アーシャ、開いたよ？」

茉莉花《まりか》が少し不思議そうな声でアリサを促す。茉莉花《まりか》は明《めい》の対応に、何の驚きも疑問も感じていないようだった。

アリサが茉莉花《まりか》に背中を押される格好で二人は五十里《いそり》家《け》の敷地《しきち》に足を踏み入れる。十メートルほど先にある三階建て低層ビルの玄関——と言うより「出入り口」——の扉が開き、明《めい》が姿を見せた。

「いらっしゃい。入って」

合理主義が家の方針だとしても、もう少し外観に気を使えば良いのに……。アリサがそう感じていたのは、扉の向こう側を目にするまでだった。

五十里《いそり》家《け》の玄関はまるで高級旅館のような造りになっていた。近付いて良く見れば、倉庫の出入り口のようだった金属製のスライド扉は表面に目立たない色で幾何学模様が描き込まれている。アリサにはそれが魔法刻印だと分かった。残念ながら効果までは読み取れなかったが。

「断熱の刻印魔法陣よ」

アリサの疑問を見透かしたように、明《めい》がやや誇らしげに告げる。

「断熱って火事対策？」

そう訊《たず》ねたのは茉莉花《まりか》だ。

「一義的にはそうね。理論上、この扉の刻印だけで防火の効果は建物全体に及ぶわ」

「それは凄《すご》いね……。一義的ってことは、他にもあるの？」

この質問はアリサ。

明《めい》は「よくぞ訊《き》いてくれました」と言わんばかりの得意げな笑みを浮かべた。

「ええ。将来的には冷暖房が要らなくなる外断熱機能を持たせる予定」

「えっ？　でも刻印発動式の魔法って……」

「ええ。刻印魔法は大量の想子《サイオン》を流し込むことで発動する。そして一般的に、同じ魔法師が起動式を使って同種の魔法を発動した場合に比べて、持続時間が短くなる傾向がある。発動プロセスの安定性ではむしろ勝っているから非常時対応には向いているけど、日常的な用途にはCADを使った魔法に劣ると言われているわ」

明《めい》がアリサの言いたかったことを全て先取りする。そして頭上に疑問符を浮かべたアリサに得意げな笑みをさらに深めた。お気に入りの玩具を自慢する子供のような笑みだ。

「その欠点を克服する為《ため》に、家《うち》では刻印魔法陣に想子《サイオン》を自動供給する仕組みを開発中なの。司《し》波達也《ばたつや》様の恒星炉システムを参考にしてね」

「恒星炉システムって企業秘密じゃないの？」

不思議そうにアリサが首を傾《かし》げる。

「全部は無理でしょうけど、想子《サイオン》供給のノウハウくらいなら教えてもらえると思う。家《うち》の兄もあの実験のメンバーだったから」

あの実験とは、今から三年前にアリサたちが通っている第一高校で行われた恒星炉実験のことだ。司波達也《しばたつや》が率いる一高生のチームがそこで初めて現在の恒星炉の実現可能性を示した。明《めい》の兄、五十里啓《いそりけい》が実験装置の「クーロン力制御」を担当し、後の恒星炉実現に大きく貢献した功労者の一人だったのは、日本で魔法工学を学ぶ者の間では有名な話だ。

「明《めい》、一つ訊《き》いて良い？」

そう声を上げたのは茉莉花《まりか》だ。

「ええ、何かしら」

「明《めい》はどうしてそのＯＢのことをフルネームで呼ぶの？」

だが茉莉花《まりか》の質問は、魔法工学とは何の関係も無いものだった。

「苗字《みようじ》だけでは元生徒会長と区別がつかないじゃない。あっちも有名人なんだから」

「元生徒会長って？」

「司波深雪《しばみゆき》さん。司波達也《しばたつや》様の婚約者よ」

明《めい》の答えは少し不自然だった。——内容ではなくその口調が。「司波深雪《しばみゆき》」と呼び捨てに仕掛けて、取って付けたように「さん」を添えたような言い方だった。それだけでなく、「婚約者」と口にする時、微《かす》かな抵抗感が伝わってきた。

「……もしかして明《めい》、その元会長さんのこと嫌いだったりする？」

茉莉花《まりか》が訊《き》こうか訊《き》くまいかの逡巡《しゆんじゆん》を見せながら、結局そう問い掛ける。

明《めい》が顔を顰《しか》めたのは反射的なもの。自分では心の裡《うち》を隠せていたつもりだったのだ。

「正直に言うと、あんまり好きになれないわ」

明《めい》は渋々、茉莉花《まりか》の言葉を認める。

「憧れの人の婚約者だから？」

「そんなんじゃないわよ！ ……羨ましくはあるけど」

「うんうん。分かるよ、その気持ち」

訳知り顔で頷《うなず》く茉莉花《まりか》に、明《めい》は小さくない苛立《いらだ》ちを覚えた。分からないように深呼吸して彼女は気持ちを落ち着けた。

「そんなんじゃなくて。何て言うか……あの人って、できすぎていて作り物じみている気がするのよ」

「元会長さんが？」

茉莉花《まりか》には明《めい》がなにを言いたいのか良く分からなかったが、司波深雪《しばみゆき》の容姿を知っているアリサは傍《はた》で聞いていて「なる程」と思った。

「……さぁっ、この件はもう良《い》いでしょ。何時《いつ》までも玄関で立ち話してないで、練習場に行くわよ」

玄関で立ち話をしても時間を無駄にするばかりというのは、もっともな言い分だ。茉莉花《まりか》もアリサも異存は無い。

二人はすぐに、明《めい》の背中に続いた。

五十里《いそり》家の練習場は床面積こそ一高の演習棟に劣るものの、設備は勝るとも劣らなかった。特に様々な測定機器が充実している。普段、旧第十研の施設を使っているアリサが思わず感嘆を漏らした程だ。

「茉莉花《まりか》は移動系、アリサは振動系が苦手だったわね？」

「あたし、振動系は苦手じゃないってだけだよ。練習しなくても良いと言えるような自信は無い」

明《めい》の質問に、茉莉花《まりか》は自信無さげな声で答える。

「私も両方練習させてもらいたいな」

アリサがそれに同調した。

「でも、別々に練習した方が効率良くない？」

合理性を優先したアドバイスにも、茉莉花《まりか》は首を横に振る。

「一人で練習していても気付けないことがあると思う」

「一理あるわね……って、茉莉花《まりか》はアリサと一緒に練習したいだけじゃないの？」

「えへへ……」

明《めい》の指摘に、茉莉花《まりか》は誤魔化し笑いを浮かべる。

子供のような笑顔に、明《めい》は毒気を抜かれてしまった。

「まったく……。茉莉花《まりか》って親離れできない子供みたいね」

「なにをぅ！」

「いえ、姉離れできない妹かしら」

「それなら良し」

「良《い》いんだ……」

茉莉花《まりか》と明《めい》の遣《や》り取《と》りを横で見ていたアリサがクスクスと笑い声を漏らす。

アリサの失笑に気付いた明《めい》が顔を赤らめた。

「じゃ、じゃあ、まず移動系の練習から始めましょう。私も気付いたところがあったらアドバイスして上げるから」

「ありがとう、明《めい》。助かるわ」

アリサが素直な笑顔で明《めい》に御礼《おれい》を言う。

その真《ま》っ直《す》ぐで可憐《かれん》な笑みに、明《めい》はドギマギしてしまう。

「こっちよ」

背中を向けることで動揺を隠して、彼女は「茉莉花《まりか》がアリサを慕うのも分かるような気がする」と心の中で呟《つぶや》いた。

「何から始めれば良いと思う？」

茉莉花《まりか》に訊《き》かれて、アリサは明《めい》へ目を向けた。

だが明《めい》は軽く肩をすくめるだけだ。薄情なのではなく、茉莉花《まりか》の実技を見たことがないので判断のしようがなかったのだろう。無論アリサはこの程度のことで気分を害したりはしなかった。

「じゃあ移動系魔法の基本課題から始めようか」

「うん。それが良《い》いってアーシャが思うなら」

茉莉花《まりか》の返事に躊躇《ためら》いは全く無い。それどころか検討の素振りすら見せなかったことに、明《めい》が軽い苦笑を浮かべた。

明《めい》が二人をトレーニングに使う据え置き型のＣＡＤに案内する。学校で授業に使っている物と同じタイプだ。その横には高さ一メートル半程度の自立式ポールに取り付けられた中型の電子ボードが置かれている。

明《めい》がＣＡＤの脇に置かれていたリモコンを手に取って操作した。電子ボードに百分の一秒まで桁があるタイマーが表示される。

移動系魔法「静止」の課題は物体を空中に決められた時間静止させるというもの。課題の時間が一分以内なら誤差一秒以内、一分超三分未満なら誤差三秒以内、五分超なら誤差十秒以内が合格ラインになっている。浮かせておく物体の質量が大きくなる程、また体積が増す程、形が非対称になる程、難易度は上がる。

最も易しい課題は野球ボール程の大きさのアルミ合金製中空球体を肩の高さに三十秒間浮かせておくというもの。真《ま》っ直《す》ぐに腕を伸ばして手に持った金属球を肩の高さに上げ、そこで手を放しそのまま浮かせておくという実技スタイルになる。

反対に一番難しい課題は床に置いた一抱え以上ある歪《いびつ》な形の自然石を魔法で浮かせて、その場に保持するというもの。これは加点を狙う生徒のみがチャレンジする。

今から取り組もうとしているのは一番易しい課題だ。

茉莉花《まりか》が据え置き式のCADに左手を置き、金属球を下向きに持った右手を肩の高さに上げる。彼女が魔法を発動するのと同時に、想子《サイオン》センサーに連動したタイマーが動き始める。

魔法の効果が切れ、落下する金属球を茉莉花《まりか》が右手でキャッチした。

「三秒オーバー」

言いにくそうにアリサが結果を告げる。

「えっ？」という表情で茉莉花《まりか》が電子ボードへ顔を向けた。

そこに表示されている数字はマイナス三・一四。タイマーは三十秒から数字を減らしてゼロになるとマイナスを加えていく設定だ。つまり「マイナス三」は三秒オーバー。結果を告げる際に一秒未満を切り捨てたのはアリサの優しさだ。

「も、もう一回」

焦《あせ》った声と表情で、茉莉花《まりか》は再チャレンジを申告した。

その後アリサと交替しながら一時間近く「静止」の練習を続けた茉莉花《まりか》だったが、成功率は五割に満たなかった。

とはいえ全く上手《うま》く行かなかったわけではない。茉莉花《まりか》は合計二時間近く「静止」を含めて様々な移動系魔法の課題に取り組んだが、物体を正確に移動させる「シュート」は最終的に成功率を九割まで引き上げたし、障碍物《しょうがいぶつ》を避けて移動させる「スラローム」も合格レベルに達していることが分かった。

「茉莉花《まりか》の課題は正確な変数設定ね」

その結果を見て、明《めい》がそのように総括する。彼女が指摘したのは、起動式に定義されていない条件、「変数」を付け加えて魔法式を構築するプロセスが上手《うま》く行っていないということだ。

「シュート」は移動の終点という一つの条件を設定すればいい。

「スラローム」は短い移動の連続で、正確性より魔法発動の速度と連係が重要だ。

それに対して「静止」は留めておく座標と、その持続時間の二つを変数として入力しなければならない。

「……うん、そうみたい」

自分でも分かっていたようで、茉莉花《まりか》は疲労の滲《にじ》む表情で頷《うなず》いた。

なおアリサは、自分の練習は余りせず茉莉花《まりか》のサポートに時間を費やしていた。

◇◇◇

木曜日の放課後。アリサと茉莉花《まりか》の二人は運良く予約できた演習室のブースで実技テスト対策の特訓をしていた。なお部屋は六つのブースに仕切られていて、アリサたちを含めて五つのブースが埋まっていた。残る一つも予約済みの表示がされている。

「あーっ、もう！　上手《うま》く行かないなぁ！」

十度目のトライアルを終えた茉莉花《まりか》が突如叫び声を上げた。他のブースからギョッとした気配が漏れる。慌ててアリサが「済みません、お騒がせしました」とアリサが他のブースに謝罪して回る羽目になった。

「ダメだよ、ミーナ。この部屋を使っているのは私たちだけじゃないんだから」

「……ごめんなさい」

謝罪から戻ってきたアリサに叱られて、茉莉花《まりか》がすっかり悄気返《しょげかえ》る。

その萎《しお》れ様は、そんなに強く叱ったつもりの無いアリサが焦《あせ》りを覚える程だった。

「大体、そんなに悲観しなくても良いと思うよ。この前より良くなってるじゃない」

「……まだ合格ラインには届いてないよ」

「まだ今月の実技が始まって一週間だよ。焦《あせ》っちゃダメ」

「焦《あせ》りは禁物」とアリサは焦《あせ》りを隠せていない声で茉莉花《まりか》をたしなめる。

その時、ノックの音が二人の耳に届いた。部屋の扉ではなく、ブースのパーティションを叩《たた》いた音だ。

茉莉花《まりか》が早馬《そうま》へ、訝《いぶか》しげに問う。

「誘酔《いざよい》先輩……。どうしたんですか、ノックなんかして」

「どういう意味かな？」

咎《とが》めるセリフ。だが彼が面白がっているのは表情を見れば分かった。

「だって先輩は背後から突然声を掛けるのが趣味じゃないですか」

「趣味って君ね……。人を変態みたいに」

「趣味じゃなかったんですか？」

茉莉花《まりか》の顔に表れているのは純粋な疑問。

これにはさすがに、早馬《そうま》の顔が引《ひ》き攣《つ》った。

「……今までは偶々《たまたま》そうなっていただけだよ。断じて、趣味なんかじゃない」

「はあ、分かりました」

明らかに納得していない表情で茉莉花《まりか》か頷《うなず》く。

この問答の間、アリサは無言を貫いていた。

早馬《そうま》はそれ以上、趣味云々《うんぬん》に拘《こだわ》らなかった。

「……それより、もしかして行き詰まってるんじゃない？」

早馬《そうま》は二人に声を掛ける前から口実に使うつもりだった問い掛けを口にした。

茉莉花《まりか》は答えを返さない。彼女の顔には「不本意」と書いてある。それが答えだった。

「僕で良かったら教えて上げようか？」

早馬《そうま》が人の良さそうな笑顔で提案する。

「いえ、先輩もお忙しいでしょうから」

茉莉花《まりか》が答えるより早く、アリサがやんわりと謝絶した。

「そう？　無理にとは言わないけど」

早馬《そうま》はあっさり引き下がった。

アリサは意外感を覚えながらも心の中でホッと胸を撫《な》で下《お》ろす。

「でも自分たちだけで練習していても効率が悪いと思うよ。君たちはまだ一年生なんだし」

この指摘にはアリサも茉莉花《まりか》も反論できない。

「上級生に教わるのは気が引けるなら、クラス担当の先生に相談してみたら？」

「でも先生は、個別指導の時間なんて取れないんじゃないですか？　それに個人指導なんかしたら贔屓《ひいき》って言われません？」

早馬《そうま》の助言に茉莉花《まりか》が疑問を呈する。これはアリサとの間で話し合った際の結論でもあった。

「実技指導ならともかく、質問しに行くくらいなら普通だよ。何も言われないさ」

「質問……」

気の抜けた呟《つぶや》きが茉莉花《まりか》の口から漏れる。

「…………」

アリサの顔には「盲点だった」と書かれていた。

「上手《うま》く行かないポイントを先生に相談してみると良《い》い。じゃあ、頑張ってね」

早馬《そうま》はそう言って二人の前から退散した。

◇◇◇

演習室の使用時間が終わって、茉莉花《まりか》とアリサはそれぞれの担当教師の許《もと》へ向かった。演習室の閉鎖時間は閉門時間より三十分早い。逆に言えば、生徒が学校に残っていられる時間はもう三十分もない。教師に質問しに行くのに余裕があるとは言えない。

だが時間が足りなくなれば続きを明日にすれば良いだけだ。とにかく茉莉花《まりか》の性分として、行動せずにはいられなかった。そして意外な感もあるが、アリサにも似たところがあった。

A組実技指導教師の近田《ちかた》藤乃《ふじの》は職員室に常駐しているが、専門が魔法幾何学のB組指導教師・紀藤《きとう》友彦《ともひこ》は実験棟三階にある幾何学準備室にいることが多い。アリサと一緒に職員室へ行った茉莉花《まりか》は紀藤《きとう》が準備室にいると聞いて実験棟の三階に向かった。

幾何学準備室に残っていた教師は紀藤《きとう》一人だった。これは別に、他の教師が不真面目なのではない。法令で定められている終業時間はもう過ぎている（なお国立魔法大学付属高校の教職員は公務員で――「みなし公務員」ではない――魔法大学の教員同様、国家公務員一般の規定ではなく特別の法令で処遇が定められている）。つまり紀藤《きとう》は残業中ということになる。一高に限らず教育現場では、終業時間は余り守られていない。

「失礼します」

「遠上《とおかみ》か」

扉を開けながら挨拶をした茉莉花《まりか》を見て、当たり前だが紀藤《きとう》は彼女が何者なのかすぐに認識した。

「そこに座りなさい」

彼は茉莉花《まりか》に、隣の席に座るよう指示する。教師の席に腰を下ろすのは少し気が引けたが、結局短い躊躇《ちゅうちょ》の後、茉莉花《まりか》は紀藤《きとう》の言葉に従った。

毎日顔を合わせている相手だが、ここまで近付いたのは初めてだ。別に避けていたわけではなく、今まではこういう機会が無かった。紀藤《きとう》は手取り足取りではなく、言葉で指導するタイプだ。それに、女子生徒に対しては節度ある距離感を心掛けているようなところがあった。

（今、気が付いた。先生、何となくお兄《にい》に似てる……）

紀藤《きとう》と茉莉花《まりか》の兄・遠上遼介《とおかみりょうすけ》は背格好がほぼ同じ。それは前から気付いていたが、身体《からだ》付きまで良く似ている。

二人とも、着痩せするタイプ。服の下に鍛え込まれた肉体を隠している。

(先生も何かやっているのかな……?)

兄の遼介《りょうすけ》は格闘術マニアと呼べる程、現代格闘技から古流武術まで様々な徒手格闘術を修行していた。茉莉花《まりか》は今、紀藤《きとう》にも似た臭いを感じていた。

「何か質問か?」

腰を下ろした茉莉花《まりか》に紀藤《きとう》が質問する。

「はい。移動系魔法の実技で上手《うま》くできない課題がありまして」

そう前置きして茉莉花《まりか》は、『静止』の課題で行き詰まっているのでアドバイスが欲しいと頼んだ。

「遠上《とおかみ》。君は一つ考え違いをしている。『静止』の課題が上手《うま》く行かないのは移動系魔法の適性が低いからではない」

茉莉花《まりか》の話を聞いて、紀藤《きとう》はまずこう答えた。

「別の原因があるんですか?」

「原因というより欠点だ。これは今月後半の授業で教える予定だったことだが、君の場合は早めに矯正した方が良さそうだな」

「矯正……」

茉莉花《まりか》の声に緊張が滲《にじ》む。何だか大事《おおごと》になったと彼女は感じていた。

「そもそも『静止』の課題は移動系魔法の技術を測るものではない。課題に移動系魔法を使うから今月のカリキュラムに組み込まれているだけだ」

「そうなんですか……？」

茉莉花《まりか》の余り意味が無い問い掛けに、紀藤《きとう》が悠然と頷《うなず》く。生徒に不安を与えない、教師らしい態度だ。

「結論から言おう。『静止』の課題が上手《うま》く行かないのは、変数の設定が曖昧だからだ」

変数とは魔法式の構築に必要な要素の内、起動式に記述されていない項目のこと。これは起動式に汎用性を持たせる為《ため》、敢《あ》えて固定値を記述せずに魔法師が自由に設定できるようにしてあるものだ。

魔法師は起動式を読み込むと同時に、この変数を、イメージの形で魔法演算領域に送り込み起動式と合わせて魔法式を組み立てる。変数は魔法の効果を定義するものだから、これが曖昧だと望んだ結果が得られない。

「きちんとイメージしているつもりなんですけど」

「そのイメージは具体的なものか？　感覚的なイメージになっていないか？」

紀藤《きとう》の問いに茉莉花《まりか》は答えられなかった。

「具体的……ですか？」

そもそも「具体的なイメージ」と「感覚的なイメージ」の違いが彼女には良く分からない。

「魔法で大切なのは過程と結果の全てをしっかり意識すること」

紀藤《きとう》がいきなり講義口調で話し始めた。

「何となくではダメなのだ。運動は意識せずに身体《からだ》が動く方が良《い》いのかもしれない。だが魔法は逆だ。無意識にできることでもそのプロセスを常に意識するよう心掛けなければならない」

とても重要なことを教わっている気がして、茉莉花《まりか》の背筋が自然に伸びる。

「感覚だけでは、正確な魔法は使えない。魔法を発動するプロセスだけでなくその準備段階、改変したい事象と改変後の結果を考え、意識することが不可欠だ」

「分かりました。『考えるな、感じろ』じゃなくて『感じるよりも考えろ』なんですね」

紀藤《きとう》が訝《いぶか》しげに眉を顰《ひそ》める。どうやら彼は茉莉花《まりか》が引用した二十世紀の映画を知らなかったようだ。

「……時間は目に見えない『概念』だ。だからこそ余計に明確なイメージが必要になる。『静止』が一年の早い時期に課題として組み込まれているのは、正確な変数の設定を身に着けさせる為《ため》だ」

「先生。課題の目的は分かったんですが……」

茉莉花《まりか》がそう言って小首を傾《かし》げる。

「イメージって、感覚的なものじゃないんですか？」

「イメージという言葉が分かりにくければ具象的な概念と表現する方が良《い》いか？」

「余計に分かりません」

開き直りだろう。だが嫌な感じはしない。茉莉花《まりか》の態度は、いっそ清々《すがすが》しいと言えた。

難しい顔で茉莉花《まりか》を見ている紀藤《きとう》の目付きは、睨《にら》んでいるという類いのものではない。どう説明すれば良いか悩んでいるといった雰囲気だ。まだ若いからという要因もあるだろうが、彼の教職に対する真摯な姿勢が窺《うかが》われた。

思案の末、紀藤《きとう》はデスクの引き出しからキーケースを取り出して立ち上がった。そして茉莉《まり》花《か》に「付いてきなさい」と指示する。

茉莉花《まりか》は「はい」と素直に答えて立ち上がった。


紀藤《きとう》が茉莉花《まりか》を連れていったのはすぐ隣の部屋だった。廊下は経由していない。その部屋は準備室の奥に設けられた扉の向こう側にあった。

茉莉花《まりか》はキョロキョロと部屋の中を物珍しげに見回す。彼女が幾何学準備室を訪れたのは今日が初めてで、当然準備室を通らなければ入れないこの部屋も初見だった。

一つしか出口のない部屋に成人男性と二人きり。にも拘《かか》わらず茉莉花《まりか》の心の中には何故《なぜ》か恐れも焦《あせ》りも無かった。

　自分の能力を過信していたわけではない。魔法の技能は教師である紀藤《きとう》の方が間違いなく上だ。マーシャル・マジック・アーツの選手である茉莉花《まりか》はただの無力な女子高校生ではないが、彼女が既に見抜いていたとおり、紀藤《きとう》も格闘技に関して素人《しろうと》ではない。魔法抜きでも勝てないと茉莉花《まりか》は本能的に理解していた。

　それなのに何故《なぜ》か警戒心すら湧いてこない。いや、この時の茉莉花《まりか》は「何故《なぜ》なのか」という疑問すら懐《いだ》いていなかった。

「先生、この部屋は？」

　心に浮かんだ疑問は、自分の心理状態を訝《いぶか》しむものではなく「この部屋は何なのか？」だった。部屋の中には机も椅子も無い。壁一面のキャビネット以外には天板がそれぞれおよそ五十センチ四方、一メートル四方、一メートル×五十センチの高さが変えられるキャスター付き作業台が置かれているだけだった。

「私たち教師が作成した課題のテストに使う部屋だ」

　紀藤《きとう》は茉莉花《まりか》の疑問にあっさり答えた。なる程、生徒に出題するテストを作るには生徒の目に触れない場所が必要だろう。

「あのっ、良《い》いんですか？　この部屋って生徒が入ったらまずいのでは……？」

　しかしそれを自分が担当するクラスの生徒に教えて良いのだろうか。茉莉花《まりか》はそんな、余計かもしれない心配を覚えた。

「勝手に入られるのは困るが、今は私が連れてきたのだから問題無い」

紀藤《きとう》の答えはあっさりしたものだった。言われてみれば確かに、不都合ならば自分を室内に入れないだろうと茉莉花《まりか》は思った。

しかし彼女が懸念《けねん》を懐《いだ》いたのは、この点だけでは無かった。

「CADはこれで良《い》いだろう」

紀藤《きとう》はそう言いながら壁に並んだキャビネットからA4サイズ・タブレット状のCADを取り出して一番小さな作業台に載せた。

「先生。もしかして実技の指導をしてくださるんですか？」

「そのつもりだが」

茉莉花《まりか》の問いに肯定を返しながら、紀藤《きとう》は縦長のキャビネットからポールスタンド付きの電子ボードを取り出す。五十里家《いそりけ》にあったものとほぼ同じサイズだ。

「あの……、これって贔屓《ひいき》になるのでは？」

「遠上《とおかみ》だけを贔屓《ひいき》するつもりは無い。時間が許す限り、生徒の向学心に応えるのは教師の務めだ」

彼女の疑念を紀藤《きとう》があっさり否定したことで、茉莉花《まりか》はようやく後ろめたさから解放された。

「先生。セッティング、お手伝いします」

茉莉花《まりか》が吹っ切れた表情で、紀藤《きとう》に手伝いを申し出る。

「ではこれを持ってくれ」

紀藤《きとう》がスタンドを持っていない方の手で差し出したのは「静止」の実技に使うアルミ合金製のボールだった。茉莉花《まりか》に中空金属球を渡した紀藤《きとう》は電子ボードを、ＣＡＤを載せた作業台の脇にセットした。

「最初はタイマーを見るだけだ。ＣＡＤは使わないし魔法も発動しない」

「はい」

紀藤《きとう》が何故《なぜ》そんな指示をするのか分からなかったが、茉莉花《まりか》は取り敢《と》えず頷《うなず》いた。

「注意すべき点は頭の中で秒数をカウントしないこと。秒数の読み取りに専念しなさい。一秒未満の桁は無視して構わない」

「分かりました……？」

ますます意味が分からない。だがとにかく言われたとおりにやってみようと茉莉花《まりか》は思った。

電子ボードに六桁の数字が表示される。ゼロ二つ、コロン、ゼロ二つ、コロン、ゼロ二つ。それぞれ「分」「秒」「百分の一秒」だ。その数字が「00：30：00」に変わった。

「それでは始める」

タイマーが動き始める。

減少していく数字を茉莉花《まりか》は紀藤《きとう》に言われたとおりじっと見詰めた。

「三十秒間という概念を具象化できただろうか？」

　タイマーが止まってすぐ、紀藤《きとう》が茉莉花《まりか》に問い掛ける。

　当惑している茉莉花《まりか》に、紀藤《きとう》は説明を追加した。

「一秒一秒を積み重ねるのではなく、三十秒間を一塊の時間として認識するのだ」

「……もう一度お願いします」

　紀藤《きとう》の言葉を何度も咀嚼《そしゃく》して呑《の》み込み、茉莉花《まりか》は再チャレンジを申し出た。

「分かった。準備は良《い》いな」

　紀藤《きとう》は嫌な顔一つせずタイマーを再設定した。

「はい」

　茉莉花《まりか》の表情が引き締まる。

　紀藤《きとう》が合図すると同時に、タイマーの数字が動き始めた。

　ディスプレイにゼロが並んでも茉莉花《まりか》は緊張を解かなかった。一種の残心と言うべきだろうか。

「……分かったような気がします」

「次はボールを手放す位置に右手を上げてタイマーを注視しなさい。魔法はまだ使わないで」

「はい」

　その後、魔法を使わずに時間を認識する練習が何度も続いた。紀藤《きとう》は茉莉花《まりか》の答えから「ような」「気がする」が取れるまで根気よく付き合った。

そして閉門時間間近になって、紀藤《きとう》は実際に魔法を使って「静止」の実技を行うよう指示した。

「行きます！」

魔法が発動すると同時にタイマーが動き出す。

宙に浮いていた金属球が茉莉花《まりか》の手に落下した時、タイマーはマイナス〇・四秒を表示していた。

誤差〇・四秒。合格レンジだ。

「今までの最高記録です！　先生、ありがとうございます！」

茉莉花《まりか》がペコリと一礼する。

「家で魔法を練習できないなら、イメージを具象化するトレーニングをしてみると良《い》い。時間の具象化はデジタル表示よりアナログ表示の方がより効果的だ」

顔を上げた茉莉花《まりか》に、紀藤《きとう》は締め括《くく》りのアドバイスを与えた。

茉莉花《まりか》はもう一度、切れの良《い》い動作で頭を下げた。


幾何学準備室を出てすぐ、茉莉花《まりか》は情報端末を確認した。

案の定、アリサからメールが届いている。そこには「アイネブリーゼで待っています」と書かれていた。

茉莉花《まりか》は急ぎ足で校門を出てアイネブリーゼに向かった。

◇◇◇

もう時間も遅かったのでアイネブリーゼで長居はせず、アリサと茉莉花《まりか》は帰りの個型電車《キャビネット》に乗った。

「質問に随分時間が掛かったのね」

その車中でアリサは、別れて合流するまでの間のことを茉莉花《まりか》に訊《たず》ねる。

「先生が見付からなかったの？」

「ううん。先生は準備室にいたよ。待たせちゃったのは実技の指導をしてもらってたから」

「個人指導をしてくれたの⁉」

アリサが驚きの声を上げる。

「うん。御蔭《おかげ》でどんな練習をすれば良いのか分かった。あとでアーシャにも教えて上げるね」

「……何処《どこ》で指導してもらったの？　演習室はもう閉まっていたでしょう？」

眉を顰《ひそ》めながらアリサが問う。その表情は明らかに、事態を肯定的に捉えていない。

「準備室の隣に実技ができる部屋があったよ。生徒に出す課題をテストしてみる部屋なんだって」

「そんな部屋、あったっけ……？」

「廊下からは部屋の中が見えなくなってた。生徒にのぞき見られないようにしてあるんじゃないかな。出入り口も準備室の奥に一つあるだけだったし」

「それって半分密室じゃない。そんな所に二人きりで……？」

アリサが何を疑っているのか理解して、茉莉花《まりか》は「プッ……」と噴き出した。

「アーシャ、考えすぎだって～。先生は真面目に指導してくれただけだよ」

「本当に？」

「ホントホント。真面目で熱心に教えてくれたよ。普段の授業の時はクールな印象だから意外感はあったけど。今日は雰囲気が少しお兄《にい》に似てたかな」

「遼介《りょうすけ》さんに……？」

「うん。良く見たら身体《からだ》付きも似ているし。……そういえばお兄《にい》、今頃何してるのかなぁ」

そこから二人の話題は、ＵＳＮＡ旧カナダ領へ行ったきり消息を絶っている茉莉花《まりか》の兄の遼介《りょうすけ》に関するものへと移った。

[3] 放課後の交友

五月八日、金曜日。

アリサはクラウド・ボール部の部活で日和《ひより》と対戦していた。

この一ヶ月間でアリサはシールドのサイズに関する反則を取られることはなくなった。クラウド・ボールのルールにもようやく慣れてきたところだ。

だが言い方を変えれば、ルールに慣れたばかり。まだ試合に勝てたことは無い。——試合と言っても部内の練習試合だが。学外との試合はアリサが入部してからまだ一度も行われていなかった。

クラウド・ボールはテニスやラケットボールに見た目が似ている。だがボールを複数個使用する点や魔法を使用する点を除いても、テニスなどとは本質的に異なる競技だ。

テニスに限らずラケットを使用する球技は一定の点数を先取した側の勝ちになる。だがクラウド・ボールは他に類を見ない時間制+セット先取制。

一セット三分間。男子は五セットマッチ、女子は三セットマッチ。三分間に一点でも多く得点したプレーヤーがそのセットを取り、三セットマッチなら二セット先取した方の勝ち。それがクラウド・ボールの基本ルールだ。

現在、アリサと日和《ひより》の試合は二セット目の真っ最中だった。

日和《ひより》が打ち返したボールに、コートの前寄りに立っていたアリサがラケットを伸ばす。クラウド・ボールではテニスやラケットボールと違ってワンバウンドまでならOKというルールは無い。自陣コートにバウンドした回数だけ相手の得点になる。アリサのポジショニングは、手の届く範囲はボレーで打ち返して失点を抑えるという攻撃的なプレー戦術に基づくものだ。

それに対して日和《ひより》はコートの後ろ寄りに構え、ワンバウンドで確実にボールを打ち返している。ある程度の失点を許容する代わりに大量失点を防ぐ守備的戦術である。クラウド・ボールは、ラケットが届かない範囲のボールは魔法で打ち返すことを想定している。大抵の魔法師は大多数の人間と同様、前方の物体の方が後方の物体よりも正確に認識できる。失点を甘受してコートの後方にポジションを取っているのはその為《ため》だ。

逆に言えばアリサがネットの近くでプレーできるのは、彼女の空間把握能力、魔法発動の座標指定スキルが高いからだった。アリサはA組、日和《ひより》はD組。魔法技能は明白にアリサが勝っている。

しかし一セット目を取ったのは日和《ひより》だ。魔法力だけでは、勝敗は決まらない。

今も日和《ひより》のショットが側面の壁に跳ね返ってアリサの魔法シールドの横をすり抜けていく。そのボールに気を取られたアリサの隙を突いて日和《ひより》が魔法でドロップショットを繰り出した。前と後ろに意識を分割されたアリサは片方を拾うのに精一杯。彼女には攻撃に転ずる余裕がなかった。

拾うボールと捨てるボールを瞬時に判断する。魔法を使わないラケット競技でもスタミナ配分の為《ため》に必要とされる戦術眼《がん》だが、複数のボールを使いツーバウンド目以降も得点になるクラウド・ボールでは、この見極めがより重要になる。

またどのボールにラケットを伸ばし、どのボールを魔法で返すかの判断も勝敗の分かれ目になる。魔法シールドのサイズが制限されたことにより、一つの魔法で敵の攻撃に対処することができなくなった。一セットはわずか三分間だが、それでも魔法を連続して並列発動《マルチキャスト》し続けるのは一流の魔法師でも難しい。手で対処できるボールならばラケットで打ち返した方が精神の――魔法演算領域の負荷軽減にもなる。

このようにクラウド・ボールは瞬時の判断力が勝敗を分ける重要なファクターになる競技だ。そしてこの種の判断力はシビアな勝負の中で磨かれていく。クラウド・ボールに限らず「試合」の経験が乏しいアリサには欠けている素養だった。

この一ヶ月間でアリサも自分の欠点は自覚していた。元々「勝ちたい」という欲求に乏しい彼女だが、向上心は人並みに持ち合わせている。自分の短所を補う方策として彼女が出した結論は「攻撃的なポジショニングで守備に徹する」だった。

（速く。もっと速く――！）

彼女の背後でベクトル反転の魔法シールドが形成される。ネット際に落ちたボールはラケットですくい上げるのと同時に、ラケット面に形成した加速力場で天井に打ち上げた。

コートに落ちていないボールはベクトル反転でそのまま返す。

コートに落ちたボールは天井にぶつけて敵陣に落とす。

「相手のコートをどう攻めるか」を考えず、その分の思考リソースを魔法発動のスピードアップに割り当ててとにかくボールを拾いまくるのが今の自分にできる最適解だとアリサは考えたのだった。

第二セットの三分の二が過ぎた。ここまでアリサがリードしている。これは半分、日和《ひより》の作戦でもあった。一セット目を先取した彼女は二セット目をある意味で捨てていた。アリサが上達していることを認めた上での駆け引きだ。無理なダッシュを控えて自分の体力の消耗を抑え、ギリギリ取れそうな所に打ってアリサの体力を奪う。その上で最終セットに勝負をかけようと日和《ひより》は考えていた。


日和《ひより》の計算どおり、第二セットを取ってコート脇のベンチに座ったアリサは大きく肩を上下させている。部長の初音《はつね》が心配顔で「大丈夫？」と声を掛けるほどだった。

「少し時間を延ばそうか？」

セット間のインターバルは一分間。それを伸ばそうか？　と初音《はつね》は提案しているのだが、

「いえ、ルールどおりで良《い》いです」

アリサはそれを遠慮する。

「ハンデをもらっても練習になりませんから」

第二セット、日和《ひより》が自分のスタミナを奪おうとしていたことにアリサは気付いている。自分はその作戦にまんまと乗った。そうしなければ第二セットを取れなかった。

これは試合をデザインする力において日和《ひより》が勝っていたのであり、自分と彼女の実力差だとアリサは理解している。今、余分な休憩時間をもらうのはこの実力差を埋めるハンデをもらうことになるとアリサは思った。それは練習試合であっても許されないズルだと彼女は感じていた。勝ち負けには拘《こだわ》っていないアリサだが、フェアプレーに対する拘《こだわ》りはある。

それが表情に表れていたのかもしれない。初音《はつね》は心配そうにしながらも「そう……?」と呟《つぶや》いただけでそれ以上は何も言わなかった。

インターバルが終わり、アリサはコートに戻った。一足先にコートに戻っていた日和《ひより》と向かい合う。二人が構えを取った直後、サービスボールが日和《ひより》のコートに射出され第三セットが始まった。

時に精神力は肉体に限界以上の力を発揮させることができる。だがそれは、何か強い拘《こだわ》りによって引き出される力だ。生存への拘《こだわ》り、名誉への拘《こだわ》り、復仇《ふっきゅう》への拘《こだわ》り。そして、勝利への拘《こだわ》り。執念、あるいは執着心と言い換えても良い。

勝敗への執着が薄いアリサには、残念ながらその手のドーピングは余り期待できない。事実、第三セット半ばを過ぎた頃からアリサの動きは目に見えて衰えている。

ボールにラケットを伸ばしながら「まだ、勝てない」という諦念がアリサの脳裏を過る。同時に「勝ちたい」と強く思えないことに対する罪悪感が湧き上がった。

それは対戦相手である日和《ひより》への負い目。ネットの向こうからは「勝つ」という気迫が伝わってくる。それは日和《ひより》が、クラウド・ボールに対して真剣に取り組んでいる証《あかし》に思えた。それに比べて「勝ちたい」と思えない自分は不誠実であるような気がする。

アリサがそんな罪悪感を覚えているのは今日が初めてではない。練習で試合を重ねる度に、彼女の負い目は徐々に積み上がっていた。

（……せめて全力を出しきろう）

それでこの罪悪感が少しでも紛れるなら。アリサはそう考えて、十文字家《じゅうもんじけ》で練習中の魔法を使うことにした。

（なに？　アリサの手数がいきなり……）

急に点が取れなくなったことに、日和《ひより》の心は驚きと訝《いぶか》しさに捕らえられた。アリサのコートに飛んだボールが全て跳ね返ってくる。まるで壁に打っていると錯覚させる程だ。

理由は分かっている。ボールの軌道に合わせて小さなベクトル反転シールドが形成されているのだ。それも、極めて素早く。

元々アリサの魔法シールド構築は速い。さすがは十師族《じゅっしぞく》、さすがは十文字家《じゅうもんじけ》と思わせる展開速度だ。しかしそれと比べても別人、いや別次元のような速さになっている。

(ううん、速いだけじゃない。常時二、三枚か、それ以上のシールド魔法を並列発動《マルチキャスト》してい
る?)

そう、まさに手数が増えていた。単に魔法の回転が速くなったと言うより、アリサが二人に増えたような変化だ。

クラウド・ボールは同時に九個のボールを使うという競技の特質上、点が動くのが速い。日和《ひより》の大量リードは見る見る内に減っていき、残り三十秒で遂《つい》に逆転された。

(まだ大丈夫)

(あと少し)

アリサが東京に来たのは「魔法演算領域のオーバーヒート」に陥らない術《すべ》を学ぶ為《ため》だ。どんな状況でも自分の限界を見失わない——それがずっと、アリサに与えられた最重要課題だった。

その甲斐《かい》あって、今の自分が限界にかなり近付いているのが分かる。自分が力を出し切れていると自信を持って言える。この分なら日和《ひより》に不誠実だったという自己嫌悪《けんお》は免《まぬが》れそうだとアリサはぼんやり思った。

その間にも彼女の魔法演算領域は魔法を紡《つむ》ぎ続けている。彼女が構築している魔法シールド

は『ファランクス』の亜種の一つ『ペルタ』だ（ペルタとは、ファランクスを構成する重装歩兵に対し、散兵として戦った古代ギリシャの軽装歩兵ペルタストが持っていた盾のこと）。

『ファランクス』は同一の座標に連続構築される多重シールド。最初に性質の異なるシールドを重ねて展開し、さらにそれぞれのシールドのバックアップを待機させておく。そして一つのシールドが破られると同時にバックアップのシールドを展開する。使用したバックアップも同時に補充する。

このように破られる都度その穴を塞ぐ形で連続展開される魔法シールドが『ファランクス』。それに対してアリサが使っている『ペルタ』は異なる座標に連続発動する対物シールド魔法だ。シールドを展開した裏で同種のシールドのバックアップを用意しておくのは同じ。ただそのバックアップが自動的に展開されるのではなく手動で、座標を決めて発動する点が異なっている。

この試合で『ペルタ』のシールドに与えている性質は「固体ベクトル反転」、終了条件は「一度作用すること」。ボールを跳ね返した直後、当該シールドは消える設定になっている。だから一度に顕在化しているシールドは多くても四枚しか確認できないが、実際には九枚のシールドを何時《いつ》でも展開できる状態でアリサは維持していた。

それは九個の魔法を並列発動《マルチキャスト》し続けているに等しい。アリサは外から観測できる以上に精神を——魔法演算領域を酷使していた。この状態を一分間も続けられるのは才能だけでは説明が付かない。この二年間と少しで彼女が積み重ねてきた鍛錬の成果と言えよう。

とはいえ、それでもたったの二年。

十文字家《じゅうもんじけ》現当主である十文字克人《じゅうもんじかつと》のような、幼少の頃から厳しい訓練を積んできた本物のサラブレッドのレベルには至っていない。

(まだ終わらないの……?)

(これ以上は……残念だけど無理、かな)

試合時間残り十秒となったところで、アリサは遂《つい》に限界を自覚した。

このままならば初勝利は確実。だがこのケースでは、勝ち負けに執着しない性格がプラスに働いた。これ以上のシールド魔法マルチキャストは自分の限界を侵すと判断した彼女は、潔《いさぎよ》く待機状態の魔法を解除する。

それでも、試合を放棄したわけではない。アリサはポジションをコートの後ろ側に移し、ボールをワンバウンドで確実に返す戦術に切り替えた。

アリサが奪っていたリードがジリジリと縮まる。だがこの試合では、運が彼女に味方した。アリサの『ペルタ』に驚かされた日和《ひより》は、ペースを乱してしまった。その所為《せい》で日和《ひより》は既に、スタミナ切れ状態だ。彼女も大量失点を防ぐのに精一杯で攻撃に転じる余裕は無かった。

試合が終わる。

結果は……、十二点差でアリサが第三セットを獲得。

セットカウント二対一で、アリサが練習試合初勝利を収めた。

試合終了と同時に、アリサはガクッと体勢を崩した。緊張感から解放されたのと肉体的な疲労で膝から力が抜けたのだ。危うく転ぶところだったが、ギリギリで何とか踏《ふ》み止《とど》まる。

その場で両膝に手を突き俯《うつむ》いたまま肩で息をしているアリサの許《もと》に、日和《ひより》がネットを跳び越えて歩み寄った。

「初勝利、おめでとう」

顔を上げたアリサは、何を言われたのか分からないという表情をしていた。

「初勝利だよね？」

そう言いながら日和《ひより》が握手を求めて右手を差し出す。

「えっ、あっ、そうね」

アリサは腰を伸ばして日和《ひより》と向かい合い、差し出された右手を握った。

「どう？　勝つって良《い》いものでしょう」

アリサが勝利に執着していない、というより勝利に執着できない性格なのは日和《ひより》も知っている。

「……良く分からないわ」

だからこの回答にも、嫌みは感じなかった。それより日和《ひより》はむしろ、同情を覚えた。

「そう……。どうしてかしらね。勝利を歓《よろこ》ぶのは、別に悪いことじゃないよ？」

「それは分かってるけど……」

考え込んでしまったアリサに、日和《ひより》は少し慌てる。

「ゴメン、変なこと言っちゃったね。そんなに悩むことじゃないから」

日和《ひより》はそう言いながら身振りでコートから出ようとアリサを促した。

「ウーン……。でも、このままで良《い》いとは自分でも思えないんだよね……」

アリサは歩きながら日和《ひより》に悩みを打ち明ける。

「日和《ひより》も先輩たちも、勝利を目指してプレーしてるんでしょう？　それなのに私だけ勝っても負けても良いと思っているなんて、何だか不真面目な気がして……」

「そんなことないよ」

アリサの自分を責めるセリフを、日和《ひより》は即答で否定した。

「スポーツをする理由なんて人それぞれだよ。楽しむ為《ため》のスポーツも、ただ自分を鍛える為《ため》のスポーツもありだと思う。それにアリサは練習にも試合にも真面目に取り組んでいるでしょう？」

「うん。それは、そのつもり」

「だったら良《い》いじゃない。勝利に罪悪感を懐《いだ》く必要はないけど、勝利を目指さないことに罪の意識を覚える必要もないんじゃないかな」

「そうかな？」

「そうだよ」

そう言って日和《ひより》は透明な壁に囲まれたコートから出たところで、アリサの背中を少し強めに、激励の意を込めて掌《てのひら》で叩《たた》いた。

◇　◇　◇

その翌日。アリサと茉莉花《まりか》は風紀委員の当番で演習林を見回っていた。

「良い天気だね」

「日傘が欲しいよね」

目を細めて空を見上げたアリサに、茉莉花《まりか》が現実的な応えを返す。

「アーシャ、もっと日陰を歩いた方が良《い》いんじゃない？」

アリサは見た目のとおり、紫外線に余り強くない。無論ＵＶカットクリームなどの対策はしているが、これから一年の内で最も日差しが強い時期になる。茉莉花《まりか》の心配は、大袈裟《おおげさ》ではなかった。

「そうね」

アリサもこんなところで強情を張ったりしない。二人はランニング用に整えられた道を外れて木陰に入った。

そのまま林の奥へと進む。

するとと不意に、視界が開けた。直径二十メートル程の、木が植わっていない空き地に出る。

そこでは二十人前後の生徒が汗を流していた。

「十文字《じゅうもんじ》さん、遠上《とおかみ》さん。見回り？」

二人に声を掛けてきたのはアリサのクラスメートで茉莉花《まりか》とも友人の火狩《かがり》浄偉《じょうい》だ。ここは彼が所属する山岳部のトレーニング場だった。

「うん、風紀委員会の当番なんだ」

「こんにちは、火狩《かがり》君。凄《すご》い汗ね」

前者が茉莉花《まりか》、後者はアリサ。

アリサが言ったように、浄偉《じょうい》は顔中汗まみれだった。

「ああ、ゴメンゴメン」

浄偉《じょうい》は手に持っていたタオルで汗を拭った。どうやらちょうど顔を拭こうとしていたところだったようだ。

「……部活中なんで、少々汗臭いのは勘弁してくれ」

「別に臭わないよ」

浄偉《じょうい》の言葉に、アリサが笑いながら応える。

「体臭が分かるほど近付くつもりはないしね」

やはり笑いながら茉莉花《まりか》はそう付け加えた。

「ところで、どんなことやってたの？」

さらに茉莉花《まりか》は好奇心に染まった顔でそう訊《たず》ねる。

「岩壁を登ってた」

「岩壁？　そんな物、何処《どこ》にあるの？」

茉莉花《まりか》の質問に、浄偉《じょうい》は五メートルほど後ろを指差した。

そこにはほぼ円形の大きな穴が口を開けていた。

茉莉花《まりか》が穴の縁に向かって進み、アリサがそれに続く。

「わっ、思ったより深いね」

茉莉花《まりか》の言うとおり、その縦穴はかなり深かった。直径は三メートルに及ばないが深さは目測で十メートル以上ある。

「凄《すご》いだろ。二代前の部長の西城《さいじょう》さんが学校と交渉して作らせたクライミング用の壁穴なんだ」

「これを登るの？　途中、オーバーハングになっている所もあるけど」

アリサが言うとおり、穴の片側は壁が途中で五十センチ程せり出している。

「やって見せようか」

少し得意げに浄偉《じょうい》は言って、穴の中に降りていった。

アリサも茉莉花《まりか》も正直に言えば大して興味はなかったが、そういう風に言われると無視して立ち去るのは気が咎《とが》める。二人はその場で浄偉《じょうい》を見守った。

浄偉《じょうい》はロープに手袋をはめた両手を滑らせながら穴の底に降りていく。

「ラペリングって言うんだっけ。あんなこともやるのね」

「そうだね。反対側に梯子《はしご》もあるみたいだけど」

茉莉花《まりか》が指摘したように、浄偉《じょうい》が使ったロープの向かい側にはコの字に曲げた金属の棒を岩壁に打ち付けて作った梯子《はしご》が設けられていた。浄偉《じょうい》がそちらを使わずにロープで滑り降りたのはきっと、彼はその方が慣れているからだろう。決して女子の前で格好を付けたのではないはずだ。

穴の底に着いた浄偉《じょうい》はアリサたちの方を一度見上げて、壁に手を掛けた。

そのままスルスルと岩壁を登っていく。途中、オーバーハングになっている壁面も両手両足で貼り付いてクリアする。

「……今の、何かおかしくない？」

茉莉花《まりか》が疑問の声を上げる。

「せり出している壁にぶら下がるんじゃなくてあんな風にぴったり貼り付くとか、重力はどうなっているの？」

「魔法を使ったんだと思う」

茉莉花《まりか》の疑問に対するアリサの答えは、「思う」という表現を選びながらもその口調からは確信が感じられた。

「でも今、ＣＡＤを使ってなかったよね？」

茉莉花《まりか》も浄偉《じょうい》が魔法を使ったという点に異論は無かった。ただ起動式のアウトプットが何処《どこ》にも見えなかったことが気に掛かっただけだ。

「私にもそう見えた」

茉莉花《まりか》の指摘に、アリサが頷《うなず》く。

起動式は発動しようとする魔法の情報を記述した想子《サイオン》信号。術者は己の肉体を介してＣＡＤから出力された起動式を精神に読み込む。出力された起動式は読み込みが完了するまでの間、外部からも一纏《ひとまと》まりの想子《サイオン》として観測が可能だ。

ところが今の浄偉《じょうい》の魔法には、それが無かった。茉莉花《まりか》が言ったとおり、魔法を使う前に起動式の出力を示す想子《サイオン》の放出が見られなかった。

見付からないと言えば、浄偉《じょうい》の全身の何処《どこ》にもＣＡＤ自体が見当たらない。完全思考操作型ＣＡＤの流行に伴い現在最も使用者が多い腕輪タイプのＣＡＤは両腕のどちらにも無く、スイッチの役目を果たすペンダントタイプの無系統魔法用ＣＡＤを提げるチェーンも首に巻かれていない。その他、携帯端末タイプやバックルタイプ、指輪タイプやブローチタイプ、マイナーな物でアンクルバンドタイプなども、身に着けている様子は無い。

「CADを使わなくても魔法の発動は可能だけど……。敢《あ》えて使わない理由が分からない」

そう言ってアリサが首を傾《かし》げる。

「事前に許可を取っておけば部活に必要な魔法は使えるもんね。逆に無許可の魔法をあたしたち風紀委員の前で使うはずないし」

浄偉《じょうい》がCADを使わなかった理由が分からず頭を悩ませていた二人の許《もと》に、穴の側壁を登り切った当の本人が戻ってきた。

「どう？　こんな感じで使うんだけど」

二人に問い掛ける浄偉《じょうい》の顔は少し得意げだ。やはり彼も男の子。女子、特に美少女に良《い》い格好を見せたい気持ちは抑えられないと見える。

「うん。技術的なことは分からないけど凄《すご》かったよ」

そんな「男の見栄《みえ》」をきちんと立ててみせるアリサ。……「その気も無いのに男に勘違いをさせる」と色眼鏡で見る者も、もしかしたらいるかもしれない。

「ところで火狩《かがり》君。途中で魔法使ったよね？」

それに対して茉莉花《まりか》は、自分の好奇心を優先した。

二人の対応の違いについては、賛否が分かれるに違いない。

「……山岳部として届け出て、包括的な許可を得ている魔法だぞ」

浄偉《じょうい》が少し警戒の色を見せているのは、二人が付けている風紀委員の腕章の所為《せい》か。

「あっ、勘違いしないで。これ、風紀委員としての質問じゃないから」

その証拠に、茉莉花《まりか》の言葉を聞いて浄偉《じょうい》は明らかに安堵《あんど》していた。

「じゃあ、何？」

「火狩《かがり》君、ＣＡＤを使わなかったよね？　何で？　登攀《とうはん》中、何処《どこ》で魔法を使うのかあらかじめ決めてあったの？」

現代の魔法師がＣＡＤを使う理由はスピードと正確性。あらかじめ準備に長い時間を掛けられる場合を除き、ＣＡＤはほとんど必須だ。――好みで魔法陣を使う魔法師もいるが、今やそれは例外になっている。

逆に言えば、事前に何処《どこ》で魔法を使うのか決めておけばＣＡＤを使わないデメリットは克服できないこともない。

だが浄偉《じょうい》は茉莉花《まりか》の質問に、首を横に振った。

「登るルートは決めてるよ。でも俺は可能な限り、登り切るまで魔法は使わないようにしている。さっきは……『見てて』と言った手前、もたもたしてられないと思って……」

「格好を付けた？」

「ぐっ……。そういうことは分かってても言わないで欲しい」

「ああっ！　ゴメンなさい」

「いや、良《い》いよ……。遠上《とおかみ》さんの言うとおりだから」

そう言いながら浄偉《じょうい》の顔色は冴《さ》えない。

「本当にゴメン」

「ＣＡＤは使わないだけ？」

雰囲気を変える必要を感じたからか、ここでアリサが口を挿《はさ》む。

「それとも身に着けていないの？」

「んっ？　ああ、着けてないよ」

「それだといざという時に間に合わなくならない？　山岳部って命綱の代わりに魔法を使うんでしょう？」

アリサの口調は心配しているというより無謀を咎《とが》める色合いの濃いものだった。

「大丈夫だよ。落ちてもせいぜい十メートルだし、下にはマットを敷いてあるから」

「だからって……」

「それに、ＣＡＤに頼らない方が練習になるじゃんか」

浄偉《じょうい》はアリサの言葉を遮って、笑いながらそう言った。

「部活中は使える魔法が限られているからね」

魔法大学付属高校の敷地《しきち》内であっても、自由に魔法が使えるわけではない。授業時間であっても課題で指定されたもの以外の魔法を使うと減点の対象になる。ましてや課外活動中は、既に述べたとおり事前に許可を取っていない魔法の使用は厳禁。これを破った生徒は最悪で退学もあり得る。クラブによっては顧問教師を通じて魔法の発動を阻害する対抗魔法の使用許可を取り、それを使用しながら活動しているところもあるほどだった。

「いつも同じ魔法ばかりじゃ、その魔法の習熟度は上がるかもしれないけど。魔法技能自体はその内、進歩しなくなるだろ？」

「……だから敢《あ》えて不便な状況を作り出しているの？」

小首を傾《かし》げたアリサに、浄偉《じょうい》が頷《うなず》いて見せる。

「そういうこと。それに絶対故障しない機械なんて無いと思うんだ。十文字《じゅうもんじ》さんが言うように魔法は命綱だからね。いざという時にＣＡＤが故障していて魔法が使えませんでした、なんて悪い冗談にすらならない。ＣＡＤに頼りきりというのは危ないと俺は思ってる」

「意外。ちゃんと考えているんだね」

横から態《わざ》とらしく目を丸くした茉莉花《まりか》が口を挿《はさ》む。

憮然《ぶぜん》とした口調で「意外は余計だ」と即答した浄偉《じょうい》も、顔では笑っていた。

◇◇◇

五月二回目の日曜日。クラウド・ボール部。

郊外のコートを使った練習の後はいつもの日曜日ならばそのまま解散となるところだが、今日は学校に戻って部室でミーティングの予定が入っている。この件は前日に全部員宛に——といっても発信者である部長を含めても総勢六人だが——通知されていたので、全員が学校から電動キックスクーターに乗ってきている。良く晴れた五月の、強い紫外線の下を長時間歩くという苦行を強いられることなく彼女たちは（クラウド・ボール部に男子部員はいない）準備棟二階の部室に集合した。

「三高との対抗戦が決まりました」

ミーティング開始の前置きの後、部長の初音《はつね》はもったいぶることもなく本題を切り出した。

驚いているのはアリサと日和《ひより》の一年生組だけだ。どうやら上級生はこの対抗戦の計画を事前に知っていたか、あるいは毎年恒例の行事なのだろう。

「実施日は五月二十四日の日曜日。場所は魔法大学です」

今度も特に声は上がらなかった。

「試合は三セットマッチでシングルス三ゲーム、ダブルス二ゲームです。当然、全員に出場してもらいます」

アリサの口から「えっ？」という小さな声が漏れる。

初音《はつね》はアリサに目を向けてニッコリと笑った。

「もちろん十文字《じゅうもんじ》さんもよ。公式戦じゃないけど、仙石《せんごく》さんと十文字《じゅうもんじ》さんはデビュー戦ね」

アリサが緊張した面持ちで頷《うなず》く。彼女が横目で隣を窺《うかが》うと、日和《ひより》は緊張よりも期待が勝っているように見えた。

「十文字《じゅうもんじ》さんがシングルス、仙石《せんごく》さんはダブルスよ」

クラウド・ボールはダブルスの方が難しい。これは納得の起用だった。

「二人とも、頑張ってね」

初音《はつね》の激励に、アリサと日和《ひより》は声を揃《そろ》えて「はい」と応えた。


ミーティングは短時間で終わった。アリサと日和《ひより》は自主的に部室を簡単に掃除した後――本格的な掃除は消毒を兼ねて夜間に清掃業者が入る――肩を並べて準備棟を後にした。

「アリサはこれから茉莉花《まりか》と待ち合わせ？」

「うん。日和《ひより》も来ない？」

「どっかに寄るの？」

この後帰るだけなら、誰かを誘ったりしないだろう。日和《ひより》の質問の裏にはそんな推測があった。

「寄り道って言うか……、これもお出掛けになるのかな？　明《めい》のお家《うち》で実技の練習をさせてもらえることになっているの」

「もしかして、月例テスト対策？」

「日和《ひより》も来る？」

「いきなりは迷惑じゃないかな？」

「大丈夫だと思うよ」

「うーん……。行きたい、けど、今日は予定があるから……」

日和《ひより》は悩ましげに唸《うな》った後、未練たっぷりな顔で首を横に振った。

「じゃあ、来週は？」

「うん……」

再び日和《ひより》が悩む。

「それより、勉強を教えて欲しいんだけど……」

悩んだ末に、遠慮満載の口調で日和《ひより》はアリサの申し出にそんな答えを返した。

「勉強って、理論？」

「うん。一般科目は何とかなるんだけど、魔法理論の座学について行けてなくて……ダメかな？」

怖《お》ず怖《お》ずと訊《たず》ねる日和《ひより》に、アリサは朗らかな口調で「良《い》いよ」と即答した。

「じゃあ、明日の放課後でどう？」

「……良《い》いの？　そんなにすぐ」

「元々月曜日はミーナが部活だから、放課後は自習したり本を読んだりしてるんだ。だから全然気にしなくて良いよ」

「ありがとう……。甘えさせてもらうね」

「授業が終わったらD組の教室に行くよ。自分の端末の方が都合が良《い》いでしょ？」

「うん、待ってる」

明日の約束をして、二人は中庭で別れた。そして日和《ひより》はそのまま校門へ、アリサは茉莉花《まりか》との待ち合わせ場所の、学食に併設された自販機コーナーのベンチへ向かった。

◇　◇　◇

明くる月曜日の放課後。

アリサは約束どおり、一年D組の教室を訪れた。

日和《ひより》は先月もD組だ。彼女がこの教室に来たのは、これが初めてではない。だがこのクラスは成績順の中間帯に該当し順位が上がった者と下がった者、下のクラスから上がってきた生徒と上のクラスから落ちてきた生徒が多く、先月とは顔ぶれが大幅に変わっている。教室に残っている生徒でアリサの知り合いは日和《ひより》だけだった。

ランチを共にしている小陽《こはる》の姿は無い。多分、部活に行っているのだろう。そして日和《ひより》は、アリサの知らない男子生徒と並んで端末のディスプレイをのぞき込んでいた。

「日和《ひより》」

「あっ、アリサ。気付かずにゴメン」

アリサの声に顔を上げた日和《ひより》が慌てて立ち上がる。アリサの感覚では少々他人行儀な気もするのだが、多分立場を変えればアリサも同じことをしただろう。それに、ぞんざいな態度を取られれば、それはそれで多少なりとも不快感を覚えたに違いなかった。

「アリサ、唐橘《からたちばな》君とは初めてだよね？」

日和《ひより》がそう言いながら隣の男子に目を動かす。「彼、唐橘《からたちばな》君っていうんだ。珍しい名前……」と思いながら、アリサは確認の意味が強い質問に頷《うなず》いた。

一方、その男子生徒・唐橘役《からたちばなまもる》は日和《ひより》の視線を合図だと解釈したようだ。日和《ひより》が紹介役を務める前に、彼はアリサの前に進み出た。

「十文字《じゅうもんじ》さんですね？　唐橘《からたちばな》です。よろしく」

「私のことを知っているんですか？」

アリサの声に意外感は少なかった。彼女は自分が目立つことを自覚している。

「十文字《じゅうもんじ》さんは男子の間で噂《うわさ》の的だから」

それに一方的に知られていると分かっても、この男子に対する不快感は不思議と無かった。

「あの、噂《うわさ》ってどんな……？」

ただ男子の間で囁《ささや》かれている噂《うわさ》の内容にまで無関心ではいられなかった。

「誓って、悪い噂《うわさ》じゃ無いよ」

役《まもる》が纏《まと》う雰囲気は温厚誠実。嘘《うそ》を吐いているようには——少なくとも、アリサを猥談《わいだん》のネタにしているようには見えない。

「そうなんだ。それで、具体的には？」

アリサは女子にしては背が高めの百六十五センチ。役《まもる》は男子高校生としてほぼ平均の百七十センチ。アリサが役《まもる》の表情を窺《うかが》う目付きは、少しだけ下からのぞき込むものになる。

その上目遣いの視線から、役《まもる》は決まり悪げに目を逸《そ》らした。

無言で見詰め続けるアリサ。

心なしか、役《まもる》の顔が徐々に強張《こわば》っていく。

「……アリサ、唐 橘《からたちばな》君を苛《いじ》めるのは止めてあげて」

日和《ひより》が横から口を挿《はさ》んだことで、アリサと役《まもる》の間に漂っていた緊張感は霧散した。

「苛《いじ》めてなんかいないよ？」

日和《ひより》に振り向いたアリサは、そう言いながら虫も殺さぬような微笑《ほほえ》みを浮かべた。

「アリサにそのつもりが無くても、唐 橘《からたちばな》君は『蛇に睨《にら》まれた蛙《かえる》』状態だったよ」

「そうかな？」

「大体、男子が口にするアリサの噂《うわさ》なんてルックスとスタイルのことに決まっているじゃない。アリサは女子から見ても、とっても美少女なんだから。後は『付き合っている男がいるかどうか』くらいね。そうでしょ？」

最後の「そうでしょ？」は役《まもる》に向けて放たれた言葉だ。

「ノーコメント」

日和《ひより》がぶつけた質問に、役《まもる》は表情を消してただその一言だけ答えた。

他方、アリサも困惑顔で黙り込んでしまう。結果的に日和《ひより》は仲裁の役目を果たし、場を収めることに成功した。

「……日和《ひより》、唐橘《からたちばな》君と勉強してたの？」

褒め殺しじみた言葉に居心地の悪さを感じていたアリサが、話題を変えて日和《ひより》に訊《たず》ねる。

「うん、唐橘《からたちばな》君に一般科目を教わってたの」

「あれっ？　一般科目は大丈夫って言わなかった？」

「そんなこと言ってない。『大丈夫』じゃなくて『何とかなる』だよ。自分よりできる人が力を貸してくれるなら、教わらなきゃ損じゃない」

「ふーん。唐橘《からたちばな》君、頭良《い》いんだ」

「うん。すっごく頭良《い》いよ」

役《まもる》は横で「そんなことないよ」と頻《しき》りに謙遜しているが、日和《ひより》はそれが耳に入っていないかのように言葉を続ける。

「普通科の進学校だったらAランクの有名大学に軽く受かるんじゃないかな？　中学校時代は全国模試二桁の常連だったそうだし」

「それは本当に凄《すご》い……」

そこまでできるとは思っていなかったのか、アリサは目を丸くしている。

役《まもる》は飽きもせず「そんなに大したことないって」と謙遜しているが、日和《ひより》もアリサも耳を貸さなかった。

「私も教えてもらおうかな。物理とか数学とか、ちょっと理解できていないところがあるから……」

「唐橘《からたちばな》君？」

アリサの呟《つぶや》きを受けて、日和《ひより》が役《まもる》に水を向ける。

「僕で良ければ喜んで。……ええと、その代わり、ってことになるのかな。十文字《じゅうもんじ》さん、今から仙石《せんごく》さんと魔法学の勉強会をするんだよね？　僕にも魔法学を教えてくれない？　仙石《せんごく》さんのついでで良《い》いから」

今回、役《まもる》は無用な謙遜をしなかった。謙遜の代わりに笑顔でバーターを申し出る。

「私で良《い》いの？　私、明《めい》――A組の五十里《いそり》さんほど詳しくないよ？」

アリサの反問に、役《まもる》は少し恥ずかしそうな苦笑いを浮かべた。

「言い訳に聞こえるかもしれないけど――実際、言い訳でしかないんだろうけど、僕は去年の春まで魔法についてほとんど何も知らなかったんだ。家《うち》は両親とも、魔法師の血統じゃないから。周りに教えてくれる人もいないし」

「唐橘《からたちばな》君、『第一世代』なんだ……」

魔法師の世界では、「第一世代」という言葉は主に二つの意味で用いられる。

一つは調整体のオリジナル。遺伝子改造によって生み出された調整体を「第一世代」と呼び、その子を「第二世代」、孫を「第三世代」と表現する。

そしてもう一つは、非魔法師の家系から突然変異的に誕生した魔法師を指す言葉としての「第一世代」。役《まもる》が隔世遺伝による魔法師ではなく彼が認識しているとおり魔法師のいない血統に突然生まれた魔法師であるならば、彼は「第一世代の魔法師」ということになる。

魔法が表立って認知されてから百年足らず。現代魔法師の家系が形成されてからだと、まだ半世紀程度しか経《た》っていない。だから「魔法師の血統」と言っても現代魔法師に関する限り伝統らしい伝統は無いのだが、魔法師を職業と考えれば両親や祖父母が魔法師である家の子供は、そうでない子供に比べて魔法教育で有利な環境に置かれていると言えるだろう。

それを考えれば、役《まもる》のセリフは本人が自嘲しているほど言い訳臭くはない。

「去年の七月に受けた進学適性検査で自分に魔法師の才能があると分かったくらいでね。それまで魔法に適性があるなんて言われたこと無かったんだよ。小学校入学前にも中学校入学前にも魔法力測定は受けていたんだけど」

「へぇ、そんなことがあるんだね」

日和《ひより》が意外感を露《あら》わに相槌《あいづち》を打つ。

アリサは何も言わなかったが、心の中では共感を覚えていた。彼女の場合は自分に魔法の素質があるだろうということは薄々分かっていた。だがそれが明確になって魔法を学ぶと決めたのは中一の冬で、それまでは魔法と関わることは無いと思っていたのだ。

「唐橘《からたちばな》君、良《い》いよ。私で教えられることなら協力する」

アリサが役《まもる》の提案を受《う》け容《い》れたのは、この共感が大きく作用した結果だ。

「その代わり、一般は当てにさせてね」

「喜んで」

つい今《いま》し方《がた》会ったばかりにも拘《かか》わらず、アリサと役《まもる》は驚くほど打ち解けていた。

「アリサ、ありがとう。御蔭《おかげ》でこのレポート、何とか間に合いそう」

放課後の勉強会。アリサは日和《ひより》の隣に座り、同じ端末の画面を見ながら約一時間アドバイスを送り続けた。その甲斐《かい》あって、当面のハードルはクリアできたようだ。

「僕からもありがとう。分《わ》かり易《やす》かったよ」

日和《ひより》の向こう側から同じ画面をのぞき込んでいた役《まもる》からも感謝を告げられる。

「どういたしまして。でも唐橘《からたちばな》君には私の助けなんて余り必要無かった気がするけど」

この一時間、役《まもる》が質問することは全く無く、時々日和《ひより》に対してアリサが説明したことの補足を行うばかりだった。アリサのセリフはお世辞ではなく、彼女の実感だ。

しかし役《まもる》は「そんなことはない」といいながら首を横に振った。

「自分では気付けなかった誤解が結構あったからね」

「役に立ったのなら良《い》いけど」

「うん、本当に助かった。その代わりにはならないかもしれないけど、一般科目で分からないところがあったら何時《いつ》でも訊《き》いて。自慢じゃないけど、苦手科目は無いから」

横で聞いていた日和《ひより》の口から「へぇー」ではなく「ふぇ～」という少々間の抜けた感じの嘆《たん》声《せい》が漏れた。

「それだけ頭が良《い》いなら科学者とかお医者様にも成れそうだね。魔法医なんて向いているんじゃない？」

「魔法医か。そんな職業があるなら目指してみたいな」

日和《ひより》の言葉を受けて呟《つぶや》いた役《まもる》は、少し遠い目をしていた。

「魔法の適性が分かるまでは医者になろうと思ってたんだよね……」

「そうなんだ。私も中一までは獣医になろうと思ってたの」

「へぇ……、十文字《じゅうもんじ》さんも？」

「魔法医っていう資格があるのかどうかは知らないけど、治療用の魔法はあるんだから魔法を利用するお医者さんなら成れるんじゃないかな。何なら唐橘《からたちばな》君が最初の『魔法医』に成れば良いと思う」

「最初の魔法医か……。良《い》いね、それ」

アリサの言葉に、役《まもる》は晴れ晴れとした笑顔で頷《うなず》いた。

そんな二人を見て日和《ひより》は「この二人、良《い》い雰囲気」と思っていたが、邪魔になるかもしれないと空気を読んで口には出さなかった。

◇　◇　◇

部活が早めに終わった茉莉花《まりか》は一年D組の教室に向かっていた。待ち合わせ場所はカフェテラスだが、今日はD組の教室で日和《ひより》に勉強を教える予定だとアリサに聞いていたからだ。

今は季節的に冷暖房は使用されていない。ただ日差しは強いので部屋を閉め切っていると暑くなる。その為《ため》、人が残っている教室は窓が開いている。

A組は窓が閉まっていた。アリサは教室にいないということだ。茉莉花《まりか》は歩調を変えずに廊下を通り過ぎた。

B組の窓は開いていたが、ここもそのまま通過。

C組の窓はA組同様閉まっていたが元々用は無いので見もしなかった。

C組を通り過ぎたところで茉莉花《まりか》は歩調を緩め、D組の窓から中をのぞき込む。聞いていたとおり、アリサは日和《ひより》の隣に座っていた。

そして、日和《ひより》の隣には茉莉花《まりか》が知らない男子生徒。

(日和《ひより》のボーイフレンドかな?)

最初、茉莉花《まりか》はそう思った。だがすぐに、その男子が楽しそうに話している相手はアリサだと気付く。

(誰……?)

その男子はアリサと二人きりで話をしているわけではない。間に日和《ひより》を挟んでいて隣り合ってても向かい合ってもいない。

それに親しげではあっても馴《な》れ馴《な》れしくはなかった。冷静に考えれば、日和《ひより》のクラスメートが彼女と一緒にアリサから勉強を教わっているのだろうと思われた。

ただ……アリサも何だか楽しそうに見える。彼女は男子生徒の方へ顔を向けていて、茉莉花《まりか》には表情が見えない。だから「楽しそう」というのは茉莉花《まりか》の誤解かもしれない。

(でも、何だか……)

モヤモヤする、という気持ちを言語化する前に、それを恐れるように、茉莉花《まりか》は身を翻《ひるがえ》して廊下を引き返した。

◇◇◇

茉莉花《まりか》と合流して校門を出たばかりのところで、アリサは隣を歩いている親友からアイネブリーゼに誘われた。

二人だけでアイネブリーゼに行くのは珍しい。アリサが住む十文字家《じゅうもんじけ》の屋敷《やしき》と茉莉花《まりか》が借りているマンションはご近所と言っても過言ではない徒歩圏内。彼女たちだけなら、お互いの部屋でお茶をするのが日常だ。アリサはいつもと違う行動パターンに軽い訝《いぶか》しさを覚えていた。

アイネブリーゼの店内に入ると、テーブル席で知った顔が向かい合っていた。アリサの義兄の十文字勇人《じゅうもんじゆうと》と風紀委員会の先輩の誘酔早馬《いざよいそうま》だ。

アリサは挨拶をすべきか邪魔にならないよう黙っているべきか迷った。

「十文字《じゅうもんじ》さん、遠上《とおかみ》さん、今日は二人？」

彼女がまごまごしている内に、早馬《そうま》から先に話し掛けられてしまう。

「はい、二人です」

早馬《そうま》の問い掛けには茉莉花《まりか》が答えた。茉莉花《まりか》は最初から二人を無視して声も掛けないつもりだったから、先手を取られたという動揺も無かった。

「良かったらこっちに来ない？」

早馬《そうま》が相席しようと誘ってくる。

今回も答えを返すのは茉莉花《まりか》が早かった。

「いえ、少し二人で話したいことがありますので」

アリサの背筋が、外からでは分からない程度にビクッと震えた。勇人《ゆうと》はともかく早馬《そうま》と相席するのは気が進まなかったから、申し出を断ったこと自体にはアリサも異存は無い。ただ「二人で話したい」というフレーズに理由《わけ》も無く寒気を覚えたのだった。

「でも、テーブルは一杯だよ」

早馬《そうま》が言うようにアイネブリーゼの店内は、平日のこの時間にしては珍しくテーブル席は全て埋まっている。

「カウンターで構いませんから」

しかし茉莉花《まりか》はこの勧誘も、無愛想に断った。

「早馬《そうま》、これ以上は無理強いになる」

そう言いながら勇人《ゆうと》が何故《なぜ》か立ち上がる。

「俺たちがカウンターに移るよ。二人とも、ここを使うと良《い》い」

そして、茉莉《まり》花《か》たちに席を譲ると申し出た。

「えっ、いいえ、お気遣い無く」

茉莉花《まりか》も、勇人《ゆうと》と早馬《そうま》に対し無愛想にはなれても図々《ずうずう》しくはなれないようだ。彼女は恐縮の態《てい》さえ見せて遠慮する。

「アリサと話したいことがあるんじゃないか？　カウンターでは落ち着いて内緒話なんてできないだろう」

勇人《ゆうと》はそう言ってさっさとカウンターに移動する。早馬《そうま》も慌ててそれに続いた。

こうなると、遠慮し続ける方が失礼だ。

「ミーナ、甘えましょう？」

アリサが譲ってもらったテーブル席に着くよう茉莉花《まりか》に促す。

「……うん」

茉莉花《まりか》は躊躇《ためら》いながらアリサの向かい側に腰を下ろした。

ウエイトレスのサーバノイド（女性型ロボット）がオーダーを取りにくる。アリサと茉莉花《まりか》は二人ともホットコーヒーを注文した。

「アーシャ」

サーバノイドがカウンターに戻ってすぐ、茉莉花《まりか》は注文したコーヒーが届くのを待つことなく話を始めた。

「さっき一緒にいた男子は誰なの？」

「えっ、なに？　何だか浮気《うわき》を問い詰められているみたいな気分なんだけど」

アリサが態《わざ》とらしく目を丸くする。

「誰なの？」

茉莉花《まりか》が静かな口調で同じ質問を繰り返す。静かで感情に乏しい声だが、ジワジワと締め付けてくるようなプレッシャーをアリサは感じた。

「さっきって、日和《ひより》と一緒にいた時のこと？　見てたの？」

アリサの何気ない口調の反問に茉莉花《まりか》が「うっ……」と怯《ひる》む。だがすぐに彼女は「そう」と強気な表情で頷《うなず》いた。

（そんなに気合いを入れなくても……）

別にやましい関係ではないのだ。アリサとしては、回答を躊躇《ためら》う理由は無い。

「彼はD組の唐橘《からたちばな》君。『第一世代』で魔法に携わっている人が周りにいなかったから、魔法理論を教えてもらえる人がいないんだって」

「第一世代って、調整体じゃないよね？　親にも先祖にも魔法師がいない人？」

茉莉花《まりか》の祖父は魔法師開発研究所で作り出された魔法師。調整体には分類されていないが、遺伝子をデザインされているという点では同類だ。魔法師社会に関する知識に乏しい茉莉花《まりか》が調整体について知っているのはその様な事情からだった。

「うん。魔法師がいない血統に突然出現した第一世代。本当なのかどうかは知らないけど」

「その男子が嘘吐《うそつ》きってこと？」

「嘘《うそ》をついている感じじゃなかったよ。逆に誠実な性格だと思う。私が言ってるのは、本人が知らないご先祖様に魔法因子の持ち主がいたかも、ってこと」

「ああ、そういう……」

茉莉花《まりか》は一安心とばかり気を弛《ゆる》めた。

「それで！　その唐橘《からたちばな》君とアーシャとはどんな関係なの⁉」

だがすぐに安心している場合ではないとばかり、茉莉花《まりか》は気合いの入った顔でアリサに詰め寄った。

「関係って……日和《ひより》のクラスメートってだけだよ」

「それだけ……？」

「それだけもこれだけも、さっき会ったばかりだけど？」

アリサが茉莉花《まりか》の瞳をのぞき込み、眼差《まなざ》しで「どうして？」と訊《たず》ねる。

「でもアーシャ、さっき『誠実な性格』って」

「それ、単なる印象。第一印象みたいなものだよ。たったあれだけで本当の性格を見抜けるなんて、私、自惚《うぬぼ》れてないんだけど」

「……何か良《い》い雰囲気だった！」

「ええっ⁉」

思いがけない言い掛かりに、アリサが仰天する。

絶句したアリサを、茉莉花《まりか》は拗《す》ねた顔で睨《ね》め上げている。

「勘違い！　そんなの、ミーナの勘違いだよ！」

明らかに誤解されていると理解し、アリサは慌てて茉莉花《まりか》の邪推を否定する。

「本当に？」

「本当！　むしろミーナが何でそんなこと思っちゃったのか聞きたいくらい！」

アリサと茉莉花《まりか》が無言で見詰め合う。

「分かった。アーシャを信じるよ」

「当たり前だよ。誤解なんだから」

二人が肩の力を抜く。ちょうどそのタイミングでコーヒーが運ばれてきた。

二人は同時にカップを口に運び、すっきりした苦みでモヤモヤの残滓《ざんし》を洗い流した。

◇◇◇

アリサ・茉莉花《まりか》は勇人《ゆうと》・早馬《そうま》と一緒にアイネブリーゼを出た。勇人《ゆうと》たちの方でアリサたちにタイミングを合わせたのである。

早馬《そうま》とは個型電車《キャビネット》乗車時に別れた。だが勇人《ゆうと》はアリサたちと同じ個型電車《キャビネット》に乗った。その為《ため》、珍しく彼女たちは四人乗りの個型電車《キャビネット》を利用することになった。

何か勇人《ゆうと》に思惑があるのは明白だ。だが個型電車《キャビネット》の中では、勇人《ゆうと》は何のアクションも起こさなかった。勇人《ゆうと》の目的は自宅の最寄り駅を降りて、少し歩いて茉莉花《まりか》と別れた後に明らかになった。

「アリサ、一つ訊《き》きたいんだけど」

勇人《ゆうと》がアリサへ、少し遠慮気味に話し掛ける。

「何でしょう？」

アリサの声には、微量ではあったが、警戒感が含まれていた。

「その……、今日の放課後一緒に勉強した男子の名前を教えてくれないか？」

「…………」

アリサは無言で勇人《ゆうと》の顔を見上げた。

「誤解しないで欲しい。咎《とが》めるつもりは全くないんだ」

勇人《ゆうと》が焦《あせ》って、早口で言い訳する。

「男女交際禁止なんて古くさいことを押し付けるつもりも無い。ただ遠上《とおかみ》さんが随分気にしていたみたいだから……」

「盗み聞きしていたんですか？」

問い掛けるアリサの声は、いつもよりトーンが低かった。

「け、結果的にそうなったけど、積極的に聞こうとしたわけじゃないんだ。だからその男子の名前も聞き取れなかった」

アリサが小さくため息を吐く。勇人《ゆうと》が心配してくれているのだということは、彼女にも理解できる。……まさかシスコンではないはずだ。

「別に良《い》いですよ。名前くらいしか知りませんし」

それ以上は訊《き》かれても困る、とアリサは先に釘《くぎ》を刺した。

「そうなのか？」

「はい。今日が初対面なので」

「へ、へぇ……」

安堵《あんど》の声を漏らした勇人《ゆうと》に対するシスコン疑惑が、アリサの中でちょっぴり水位を増した。

「一年D組の唐橘《からたちばな》君です。苗字《みょうじ》だけしか知りません」

「唐橘《からたちばな》……聞いたことが無いな」

「第一世代だそうですよ」

「一般人の家系か」

アリサの脳裏を違和感が過《よぎ》る。

勇人《ゆうと》は魔法を使えない非魔法師のことを「一般人」と言った。実はこの表現を使う魔法師は少なくない。

魔法師が絶対的少数派という意味で「一般的ではない」という認識の上に魔法師以外の人間を「一般人」と呼ぶのであればアリサにも異存は無い。しかし多くの魔法師が「魔法師はそれ以外の人間には無い力を持つ特殊な、優れた人間である」という認識の上にそう言っているように彼女には感じられていた。

勇人《ゆうと》もそうだとは言い切れない。最初から考え過ぎで、そんなことを考えている魔法師はいないのかもしれない。だがアリサは、全てが自分の誤解とはどうしても思えずにいた。

それに彼女自身が特に意識せず「一般人」とか「一般の人」とかいう表現を使っていることがある。もしかしたら自分の中にそんな歪《ゆが》んだエリート意識が隠れているのかもしれないと思うと、魔法師が「一般人」という言葉を口にするのが、たとえ悪意が感じられなくても引っ掛かりを覚えてしまうのだった。

「アリサ?」

そんな思考に囚《とら》われていた所為《せい》で無言に陥っていたアリサの意識を、勇人《ゆうと》が訝《いぶか》しげな声が引き戻す。

「あっ、すみません。ええと、唐橘《からたちばな》君が魔法師の血統を持たないという話でしたよね」

「それなら名前を聞いたことがないのも不思議じゃない」

勇人《ゆうと》は頷《うなず》きながらそう言った。

「本人がそう言っているだけで、本当に第一世代なのかどうかは分かりません」

「そうだね。例えば所謂《いわゆる》『霊能者』の家系は、自分が魔法師の血統を継ぐ者だと自覚していないケースも少なくない」

勇人《ゆうと》の態度が軟化した。アリサの「詳しいことは知らない」アピールが効いたのかもしれない。

彼が自宅でこの話題を蒸し返すことはなかった。

［閑話・二］

　第三高校は実戦的な魔法師の育成を看板に掲げている。軍人の育成に力を注いでいるというわけではなく、「精神修養の為《ため》の武道教育」の感覚で実戦に即した魔法を教えている。――それが狙いどおりの効果を上げているのかどうかに関しては、三高内部でも評価の分かれるところではあるのだが。

　その一環として三高では魔法スポーツ系のクラブと武道・格闘技系のクラブ活動が盛んだ。魔法スポーツであるクロス・フィールド部所属の竜樹《たつき》と、彼の友人兼隣人で柔道部所属の左門《さもん》の休日は部活に汗を流すのがこの一ヶ月間の常だった。

　だが今日は三年生の特別野外授業が実施される為《ため》、全ての部活が中止になっている。他にやることもないから、という理由で竜樹《たつき》は朝から高校生らしく（？）勉強をしていた。

　時計を見て「そろそろ昼食の準備を」と竜樹《たつき》が考えている最中、彼が借りている学生向けアパートの呼び鈴が鳴らされた。

　竜樹《たつき》は立ち上がり、ドアホンのモニターを見に行く。そこに映っていたのは半ば予想していた相手、左門《さもん》だった。

　竜樹《たつき》はドアホンのマイクには何も喋《しゃべ》らず扉を開けた。

「竜樹《たつき》、飯食《めしく》いに行こう」

ドアを受けるなり、左門《さもん》は挨拶も前置きも飛ばしてそう言った。

「……分かった。何処《どこ》に行く？」

少し考えて頷《うなず》いた竜樹《たつき》は、左門《さもん》にそう訊《たず》ねる。

「駅前に行ってちょっと遊ぼうぜ」

左門《さもん》が「駅前」と言っているのはこのアパートの最寄り駅の前ではない。金沢《かなざわ》駅のことだ。三高から徒歩十分のこのアパートは金沢《かなざわ》市の外れに位置しており、日用品の購入や自炊代わりの外食には不自由しないが、遊べるスポットはほとんど無い。

「そうだな……」

竜樹《たつき》が考える為《ため》に取った時間は、最初よりも長かった。彼は繁華街を好むタイプではないが、実家は割と賑《にぎ》やかな所にある。偶《たま》には街の喧騒《けんそう》に浸るのも悪くない、と思う程度には都会っ子《シティボーイ》だった。

「OK。何をして遊ぶ？」

「軽ーく身体《からだ》を動かそうぜ」

「分かった。着替えるから少し待ってくれ」

「おう。外で待ってる」

軽い運動というのはボウリングか何かだろう。そう考えて竜樹《たつき》は動きやすく、かつ繁華街でも違和感の無い服に着替えた。

高校生に相応の値段の店で食事をした後、竜樹《たつき》は左門《さもん》にアミューズメントビルへ連れて行かれた。入居施設の看板にはボウリング場もあった。

だが、竜樹《たつき》の予想が当たっていたのはここまでだ。左門《さもん》が竜樹《たつき》を連れていったのはラケットボールのコートだった。

「軽い運動じゃなかったのか……？」

彼はラケットボールの経験がある。十文字家《じゅうもんじけ》では体力作りに魔法を使わないスポーツが義務付けられていた。竜樹《たつき》が選んだのは水泳だが、妹の和美《かずみ》がラケットボールを好んでおり彼も時々付き合わせられた。竜樹《たつき》にとって面白くないことに妹のトレーニング相手は基本的にアリサで、竜樹《たつき》はアリサの都合が悪い時に誘われるだけだった。

だからといってこのスポーツに別段悪い印象は持っていない。ただ彼は「ラケットボールは結構ハードなはずなんだが」と思っただけだ。

「ガチでやるつもりはねえよ。遊びだ、遊び」

まあ、そういうことなら異論は無い。左門《さもん》とラケットボールはイメージが合わない気もするが、それも自分がとやかく言うことではないと竜樹《たつき》は思った。

コートの申し込みとラケットレンタルの手続きの為《ため》、竜樹《たつき》は左門《さもん》と受付に行く。

「あれっ？」

そこでタッチパネルを操作している最中、二人は横から声を掛けられた。

「十文字君《じゅうもんじ》と、ええと、イクラ君？」

声を掛けてきたのは一条茜《いちじょうあかね》。その後ろには劉麗蕾《リウリーレイ》と、名前は知らないが三高の校内で見た覚えがある女子がいる。

「茜《あかね》さん、イントネーション！」

左門《さもん》が脊髄反射のスピードで茜《あかね》にツッコむ。確かに、今の彼女の「イクラ君」は某海の幸のイントネーションだった。

「あっ、ゴメンゴメン。伊倉《いくら》君。これで良《い》いよね」

茜《あかね》が笑顔で左門《さもん》を宥《なだ》める。

左門《さもん》はまだ不満げだったが、何時《いつ》までも引っ張る話題ではない。

「偶然だね、茜《あかね》さん」

話題を変える為《ため》、竜樹《たつき》は茜《あかね》にそう話し掛けた。なお竜樹《たつき》と左門《さもん》が茜《あかね》のことを名前で呼んでいるのは、先日の自己紹介の際に彼女の方からそうして欲しいと言われた為《ため》だ。

「ホント」

茜《あかね》が朗らかに頷《うなず》く。今更だが、彼女は魅力的な少女だ。目を釘付《くぎづ》けにされるような圧倒的な美貌ではないが、表情豊かで愛嬌《あいきょう》があって、一緒にいて気持ちが良《い》いタイプ。容姿だって人間離れしていないというだけで、魔法師でなければ芸能界が放っておかない美少女と言える。

「十文字《じゅうもんじ》君たちも部活が中止になったから遊びに来たの？」

竜樹《たつき》も男の子ということだろうか。彼は警戒心が強い方だが、茜《あかね》にはつい気を許してしまうのだった。

「左門《さもん》に軽い運動をしようと誘われてね。一条《いちじょう》さんたちもか」

「うん。まあ、私たちはそれだけじゃないんだけどね」

茜《あかね》はそう言って、竜樹《たつき》が名前を知らない少女へ振り返った。

その彼女が進み出て、茜《あかね》の隣に並ぶ。

「初めまして、十文字《じゅうもんじ》君。わたくしは一年C組の緋色浩美《ひいろひろみ》と申します」

「ご丁寧にどうも。十文字竜樹《じゅうもんじたつき》です。こっちは私と同じB組の伊倉左門《いくらさもん》」

竜樹《たつき》の言葉を受けて、左門《さもん》が浩美《ひろみ》と挨拶を交わす。——なお浩美《ひろみ》は左門《さもん》の名前を聞いても妙な勘違いはしなかったみたいで、特に表情を動かしたりはしなかった。

それを横目で見ながら、茜《あかね》が竜樹《たつき》に中断していた話題の続きを話す。

「浩美《ひろみ》はクラウド・ボール部で、来週一高との対抗試合に出るのよ。それなのに部活が中止になっちゃったものだから」

「それで練習相手を務めに来たということか。友達思いなんだな」

「クラウド・ボールはやったことないから、せめてラケットボールの相手でもと思って。役に立つかどうか分からないんだけどね」

茜《あかね》が照れながら謙遜する。

それを聞いた浩美《ひろみ》が慌てて口を挿《はさ》んだ。

「そんなことないですよ。ボールを打つのに付き合ってくれるだけでも助かります。壁打ちだけだと試合勘が鈍りますから」

「なる程」

竜樹《たつき》も初心者に毛が生えたようなものだが、浩美《ひろみ》の言っていることは分かる気がした。壁が跳ね返すボールには、当たり前だが人の意思が介在しない。人間を相手にした駆け引きの有無は、試合を前にして無視できないファクターなのだろう。

「だったら一緒にやらないか？　技術的に物足りないかもしれんけど」

左門《さもん》の申し出に、女性陣から異議は出なかった。

竜樹《たつき》が最初思ったとおり、軽い運動とは到底言えなかった。交替しながらとはいえ、竜樹《たつき》も左門《さもん》も結構汗をかいてしまっている。茜《あかね》と劉麗蕾《リウリーレイ》はプレー時間が短かった為《ため》か二人程ではないが、額には汗が浮かび息を切らしている。

そしてほとんど連続でプレーしていた浩美《ひろみ》が一番平然としていた。

「緋色《ひいろ》さん、凄《すご》いな」

竜樹《たつき》は息を整えながら、浩美《ひろみ》に率直な賛辞を送った。

「慣れているだけですよ」

浩美《ひろみ》の返事は素っ気ないものだが、良く見ると微妙に照れているのが分かる。もしかしたら少し素直になれない性格なのかもしれない。もしそうなら妹の和美《かずみ》に少し似ている気がして、竜樹《たつき》の中に親近感が湧いた。

「緋色《ひいろ》さん、少し立ち入ったことを訊《き》いても良いかな？」

竜樹《たつき》がそんな質問をする気になったのは、その所為《せい》に違いない。

「少しだけなら」

しかし、竜樹《たつき》が懐《いだ》いた親近感はまだ一方通行のようだ。浩美《ひろみ》は明らかに警戒していた。

その反応に竜樹《たつき》は少々凹《へこ》まされたが、だからといって質問を中断したりはしなかった。

「もしかして緋色《ひいろ》さんは、一色家《いっしきけ》の関係者なのか？」

「……ええ。父が今の御当主様の弟です」

「へぇ～」

左門《さもん》が声を上げる。

竜樹《たつき》は何も声に出さなかったが、胸の裡《うち》は左門《さもん》と似たようなものだった。

「じゃあ、『緋色《ひいろ》』は母方の苗字《みようじ》？」

竜樹《たつき》の質問はかなり遠慮の無いものだったが、浩美《ひろみ》には——少なくとも表面上は——気分を害した様子が無かった。

「いえ、父が緋色家《ひいろけ》の養子になったのは成人前と聞いています」

結構複雑な家庭のようだが、竜樹《たつき》はそこに特段の興味を覚えなかった。自分たち魔法師開発研究所をルーツに持つ魔法師の間では、入り組んだ血縁関係など珍しくは無い。

竜樹《たつき》が興味を持ったのは、浩美《ひろみ》が一色家《いっしきけ》の魔法資質を色濃く受け継いでいるに違いないこと。

――この一点だった。

一色家《いっしきけ》現当主の姪《めい》、つまり前当主の孫。ほとんど直系のようなものだ。きっと先天的な魔法の才能は自分や茜《あかね》に匹敵するだろう。

自分が知らないだけで、ライバルは至る所にいる。――竜樹《たつき》はそう思った。

［4］初試合

五月二十三日、土曜日。

授業が終了し帰り支度をしているアリサに、隣の席から声が掛けられた。声の主は先月から引き続き隣同士の浄偉《じょうい》だ。

「十文字《じゅうもんじ》さん。明日、試合に出るんだろ？」

「良く知ってるね？」

他校との対抗戦とはいえ、ただの練習試合だ。校内でも特に触れ回ったりしていない。

「これでも部活連のメンバーだからね」

しかし種を明かされてみれば疑問は一気に解消した。各クラブの活動予定は定期的に、部活連に届け出られている。部活連関係の事務に携わっていないアリサは詳細を知らないが、今回は校外の活動になるので詳細な報告が上がっているに違いない。試合に出るメンバーの名前まで網羅していても不思議ではなかった。

「魔法大学だろ？　応援に行くよ」

「えっ、いいよ」

「どうして？　遠慮しているなら無用だよ」

「遠慮っていうか……」

アリサは目を泳がせながら口ごもり、

「……自信無いから」

蚊の鳴くような声で付け加えた。

「そう……？」

どうやらアリサが本気で嫌がっているらしいと理解して、浄偉《じょうい》はそれ以上応援については触れなかった。

「ところで十文字《じゅうもんじ》さん、最近Ｄ組の男子と仲が良《い》いって聞いたんだけど」

「えっ？」

思いも寄らないことを言われて、アリサは目を丸くする。

「……もしかして、唐橘《からたちばな》君のこと？」

「図書館で一緒に勉強していたそうじゃない」

浄偉《じょうい》が聞いたという情報は間違いではない。月曜日はクラウド・ボール部の活動が無い日なので茉莉花《まりか》の部活が終わるまでアリサは読書や自習をしている。今週の月曜日は一般教科の課題を進める為《ため》、図書館に行った。そこで偶然会った役《まもる》に分からないところを教えてもらった。しかしたったそれだけで「仲良くしている」というのは、少し大袈裟《おおげさ》ではないかとアリサは思う。

「……それ、今週の月曜日一回だけだよ？」

図書館で待ち合わせをしていたというわけでもないのだ。廊下などで顔を合わせて簡単に挨拶したのを勘定に入れずある程度纏《まと》まった時間一緒にいたのは、先週の月曜日に続いて二回目。その程度で「仲が良《い》い」と言われるのであれば、浄偉《じょうい》の方が余程仲良くしている。

「そうなの？」

「うん。何でそんな噂《うわさ》になっているんだろう……？」

「珍しいからじゃない？」

首を捻《ひね》っているアリサに、背後からクラスメートが話し掛ける。

「明《めい》……。珍しいって、何が？」

声を掛けてきたのは明《めい》だった。

「アリサが男子と一緒にいるのが」

明《めい》はアリサの疑問に、端的に答えた。

「……私、男子にも普通に接していると思うけど」

「二人きりってところじゃない？」

「図書館だよ。私たち以外にも周りにいっぱいいたわ」

「客観的な状況は、この際関係ないと思う。アリサが男子と珍しく一対一で話をしていた。そのイメージが他の男子の記憶に強く刻み込まれたんだよ」

アリサが分《わ》かり易《やす》く顔を顰《しか》める。

「何だか監視されてるみたいで嫌なんだけど」

その一言に、明《めい》は浄偉《じょうい》の方を見ながら「フフッ」と意味ありげに笑った。

「アリサが目立つのは仕方ないしね。男子としては気になるんでしょ。男子の全員がそうだとは言わないけど」

浄偉《じょうい》は明《めい》の視線から目を逸《そ》らし、「さて、部活に行くか」と少々態《わざ》とらしく呟《つぶや》きながら席を立った。

◇　◇　◇

校内巡回を終えて風紀委員会本部に戻ってきたアリサと茉莉花《まりか》に、「お疲れ様」と声が掛かる。

二人が目を向けた先では早馬《そうま》が爽やかな笑みを浮かべていた。

「誘酔《いざよい》先輩、何故《なぜ》いるんですか？」

茉莉花《まりか》が早馬《そうま》の爽やかに見える笑顔を胡散臭《うさんくさ》そうに見返しながら訊《たず》ねる。

「先輩、今日は当番じゃないですよね？　もしかして暇なんですか」

「暇、って……。前から感じていたけど、遠上《とおかみ》さん、僕に対する当たりが強くない？」

さすがに笑顔は維持できず、早馬《そうま》の顔は引《ひ》き攣《つ》り気味だ。

「気の所為《せい》じゃないですか」

対する茉莉花《まりか》は素っ気なさの見本のような態度だ。

「えっと、違反行為はありませんでした。異状無しです。……それで、委員長は？」

先輩に対してさすがにこの態度はまずいと考えたアリサが二人の間に割って入った。

「はい、了解。委員長は、所用で今日は帰ったよ。特に報告すべきことがなければ活動日誌は月曜日の朝で良《い》いって、委員長からの伝言」

元々現在の風紀委員会のルールでは、見回りの報告書は翌日の朝に提出することになっている。だがアリサと茉莉花《まりか》は一年生ということもあり、巡回の後に日誌を委員長に提出し活動内容について指導を受けていた。

「それを伝える為《ため》に残っていてくださったんですか？」

「一年生に仕事をさせておいて上級生が全員、さっさと帰るわけにはいかないだろう？」

セリフにウインクを伴いそうな口調で早馬《そうま》は答えた。——実際には、そんな気障《きざ》な真似《まね》はしなかったが。

茉莉花《まりか》が改めて室内を見回す。確かに、風紀委員会本部には早馬《そうま》しか残っていなかった。

「お気遣いありがとうございます」

律儀《りちぎ》に御礼《おれい》をしたのはアリサ。茉莉花《まりか》は敢《あ》えて無反応だ。

茉莉花《まりか》はこの状況が早馬《そうま》の善意によるものとは思っていなかった。根拠は無い。もしかしたら早馬《そうま》に対する先入観に縛られているのかもしれない。意地になっているだけかもしれない。

だが彼女は、その可能性を自覚していながら、考えを改める気は無かった。要するに、馬が合わないのだろう。

「ところで十文字《じゅうもんじ》さんは明日の試合に出るんだよね？」

早馬《そうま》は「明日の試合」としか言わなかったが、魔法大学で行われるクラウド・ボールの対抗戦のことを指しているのは間違いないだろう。アリサはそう解釈して「はい」と頷《うなず》いた。

「別件なんだけど、僕も明日は魔法大学に行くんだ。時間の都合が付いたら応援に行くよ」

本当は、自信が無いので見られたくない。だが上級生相手に「見るな」というのも愛想《あいそ》が無さ過ぎる気がした。

そこでアリサは、社交辞令のつもりでこう答えた。

「ありがとうございます。でも、無理はしないでください」

◇　◇　◇

五月二十四日、日曜日。

空模様は何時《いつ》雨が降り出すか分からない曇天だった。

「降らなきゃ良《い》いけど」

最寄り駅から魔法大学に続く道の途中で、アリサは空を見上げて呟《つぶや》いた。

「曇っている方が日焼けしなくて良いんじゃない」

アリサの呟《つぶや》きは独り言だったが、隣を歩いていた茉莉花《まりか》はそのセリフを耳聡《みみざと》く拾い、陽気な声で応えた。

「曇りの日にも紫外線は届いているんだよ」

たしなめる口調でアリサが言葉を返す。

「それは知っているけど、これだけ雲が厚ければ多少は和《やわ》らぐでしょ。あっ、もちろん日焼け止めはしっかり塗ってるよ」

「だったら良《い》いけど」

茉莉花《まりか》はがさつ女子ではないしノーメイク派女子でもない。それはアリサも知っている。一緒に暮らしていた中一の頃からスキンケアには気を遣《つか》っていたし、最近も手を抜いている様子は無かった。しっかり紫外線対策をしていると言うなら、そのとおりなのだろう。

「それよりさ、クラウド・ボールって雨が降ったらどうなるの？」

「どう、って？」

「あのコート、全天候型じゃないよね？　コート表面の電気抵抗の変化で得点を数えているんなら、雨の影響を受けるんじゃない？　天井には穴が開いてるし」

茉莉花《まりか》の言うとおり、クラウド・ボールのコートを覆っている透明シールドには等間隔に細かい空気穴が開いている。完全な防水性はない。

「部活で使っているコートもそうだけど、大抵のコートは屋根付きの半屋外だから雨の影響は無いよ。大学のコートも多分そうじゃないかな」

「そうなんだ。でも何で空気穴なんて開いてるの？　必要無い気がするんだけど」

「分からないわ。何でだろうね」

二人は顔を見合わせ小首を傾《かし》げながら、集合場所である魔法大学の正門前に到着した。

集合場所の正門前には誰もいなかった。アリサたちが一番乗りだったようだ。先輩を待たせなかったことに、アリサは胸を撫《な》で下《お》ろした。

「随分早く着いちゃったね」

しかしその喜び――ではなく安堵《あんど》に茉莉花《まりか》が水を差す。

「そうだね……。どっかで時間を潰さなきゃ」

集合時間は午前九時。今は八時二十分だ。幾ら何でも早すぎる。

「でも……あんまり離れすぎるとすれ違いになっちゃうよね」

アリサのセリフは正確ではない。待ち合わせをしているのだから時間までに戻ってくれば会えなくなることはない。だが先輩を待たせない為《ため》に早く来たのだ。この場を離れている間に先輩が来たら元も子もない。時間がずれてこの場で迎えられないという意味では「すれ違い」も的外れではなかった。

「何か飲み物でも買ってこようか？」

茉莉花《まりか》が辺りを見回しながら提案する。魔法大学の近くに他の大学・専門学校・高校などの学校はないので学生街とは言えないが、飲食店は近くに結構ある。テイクアウトをやっている店もありそうだ。もしそういう店が見付からなくても、コンビニなら駅からここまでの間に無人店舗を幾つか見た。

飲み物ならば、アリサは試合用に持ってきている。ただそれは試合中の水分とミネラルを補給する為《ため》のスポーツ飲料だ（なお糖分は含まれておらず味気ない）。間を持たせるには適当でない飲料だった。

「……ゴメン、お願いできる？」

この場を離れられないアリサは、茉莉花《まりか》に甘えることにした。

「良《い》いよ、何にする？」

「じゃあ、アイスミルクティーで。無かったら任せるよ」

「了解。行ってくるね」

茉莉花《まりか》がその場を離れる。

一人になったアリサはラケットや着替えの入ったバッグを両手でぶら下げたままぼんやりと空を見上げた。

（何だか本当に降り出しそう。今日の日中は降らないはずなのに）

降水確率十％は三時間に降水量一ミリ以上の雨が降る確率が五％以上十五％未満という意味なので、一ミリ未満の小雨《こさめ》がぱらつく可能性は常にある。また十五％未満ということは七分の一が約十四％だから、七日に一日は雨が降ってもおかしくない。

それにアリサが見たのは東京城西地区の天気予報なので、もっと細分化された地区の予報を見ていれば違う結果だったかもしれない。

もしかしてそのモノローグがフラグになったのだろうか。程無く細かな雨が降りだした。

アリサは辺りを見回して、雨宿りの場所を探した。しかし残念ながら雨を凌《しの》げるような軒先は見当たらない。代わりに彼女は、街路樹に目を留めた。

季節的に街路樹の葉は生い茂っている。この程度の小雨《こさめ》であれば十分凌《しの》げそうだ。

（プラタナスかしら）

モミジに似た切れ込みのある大きな葉を見上げていると、そこから雨の雫《しずく》が落ちてきた。

「キャッ」

アリサは思わず目を瞑《つぶ》り、顔を背けながら小さな悲鳴を上げる。

「すみません。驚かせてしまいましたか？」

間近からいきなり聞こえてきた男性の声。

アリサがハッと振り向くと、そこには申し訳なさそうな顔をした青年が立っていた。

年齢はアリサよりも間違いなく上。多分、勇人《ゆうと》よりも上だろう。

左袖からCADがのぞいているから魔法大学の学生と思われる。見るからに生真面目そうで、几帳面《きちょうめん》に着こなしている薄手のジャケットが少し濡《ぬ》れている。アリサと同じく、急な雨からの避難所を求めてこの木の下に駆け込んできたのだろう。

「いえ、今のは雨垂《あまだ》れに驚いて思わず声を上げてしまっただけで……。こちらこそ気を遣わせてしまってすみません」

「そうでしたか。いえ、気にしないでください」

青年は小さく笑った後、身体《からだ》ごとアリサから目を逸《そ》らした。多分、じろじろ見られているという誤解を女性に与えない為《ため》だ。年齢の割に堅すぎる気もするが、紳士的な態度だとアリサは思った。

とはいえ間近に見知らぬ他人がいてお互い沈黙を続ける居心地の悪さは否《いな》めない。早く雨が止《や》まないかな、とアリサは空を見上げた。

「……クラウド・ボールの対抗戦に出るんですか？」

沈黙に堪えられなくなり何か話題を、とちょうど考えていたタイミングで、青年がアリサに話し掛けた。

「えっ？　はい、そうです」

なんで分かったの？　と疑問に思ったのは一瞬のこと。すぐにアリサは、自分が持っているスポーツバッグに突っ込まれているラケットの存在を思い出した。

「今日は三高との試合でしたよね」

「よくご存じですね？」

青年がその後に続けたこのセリフに対する意外感は、所属クラブを言い当てられた時よりも大きかった。

クラウド・ボールは二〇九五年まで九校戦に採用されていた種目だが、元々それを除けばマイナーな競技だ。魔法競技は軍事教練から派生したものが多く、競技人口もそちらの方が多数派を形成している。軍事とは無関係に魔法スポーツとして発生したクラウド・ボールに興味を持つ者は、魔法大学の学生といえど余りいないとアリサは聞いていた。

「母校を大学に招いての試合ですからね。興味を持たずにはいられません」

アリサの顔に「何故《なぜ》」と書いてあったのを読み取って、青年は控えめに笑いながら背景を明かした。

「OBの方だったんですか？」

アリサが「意外」というより「納得」という口調で訊《たず》ねる。

「ええ。二〇九六年度卒業生の服部《はっとり》です」

「私は今年度入学しました十文字《じゅうもんじ》アリサです。よろしくお願いします」

アリサが背筋を伸ばしたまま約三十度、丁寧に頭を下げた。

「こちらこそよろしく」

服部《はっとり》はアリサに会釈《えしゃく》を返した。

「あっ、いた！」

その時、甲高い少女の声が——アリサにとっては誰のものか間違える余地の無い聞き慣れた声が響いた。

「ミーナ」

声が聞こえてきた方へ振り向いて、アリサが手を上げてみせる。

茉莉花《まりか》は胸にショッピングバッグを抱えた体勢でアリサの許《もと》へ駆け寄った。

その後ろには傘を差した初音《はつね》の姿が見える。どうやら買い物途中か、それが終わった後に合流したようだ。

「お待たせ」

「あーあ……ミーナったら、こんなに濡《ぬ》れちゃって……」

アリサがショルダーストラップで襷掛《たすきが》けに持ち直した自分のバッグからタオルを取り出して茉莉花《まりか》の頭に被《かぶ》せた。

アリサが優しい手付きで茉莉花《まりか》の髪を拭く。

茉莉花《まりか》は髪をアリサに委ねながら、

「その人、誰？　ナンパ？」

タオルの下から訊《たず》ねた。

「ち、違う！」

焦《あせ》った声で服部《はっとり》が言い返す。

「服部《はっとり》さんは一高のOBだよ」

アリサが笑いながら説明したが、

「OBが後輩をナンパしてるの？」

茉莉花《まりか》は納得しない。

「ナンパなどしていない。偶々《たまたま》同じ場所で雨宿りしているだけだ」

服部《はっとり》の口調は落ち着きを取り戻しているが、声はまだ硬かった。

「態々《わざわざ》後輩の女の子と同じ場所を選ぶ理由があったんですか？」

「態々《わざわざ》ではない。偶然だと言っている」

茉莉花《まりか》が突然取った喧嘩《けんか》腰《ごし》な態度に唖然《あぜん》としていたアリサが、ここで我を取り戻して二人の間に割って入る。

「ミーナ、先輩に失礼だよ」

「だって」

「だってじゃありません」

茉莉花《まりか》を叱り付けたアリサが服部《はっとり》へ振り返る。

「すみません、先輩。この子が失礼な真似《まね》を……」

「いや……、それだけ君のことが大切なんだろう」

服部《はっとり》が大人な対応を見せた為《ため》に、茉莉花《まりか》もそれ以上食って掛かることができない。

茉莉花《まりか》は「むーっ」と唸《うな》りながら口惜《くや》しそうに服部《はっとり》を見上げた。

「刑部《ぎょうぶ》さん、話は付きました？」

三人の言葉が途切れたタイミングを見計らっていたわけでもないだろうが、初音《はつね》が服部《はっとり》の横に立って会話に加わった。

「初音《はつね》か」

二人の親しげな口調にアリサが驚く。

「部長、服部《はっとり》さんとお知り合いなんですか？」

確かに同じ「服部《はっとり》」姓だが、それほど珍しい苗字《みょうじ》でもないしアリサは偶然だと思っていた。

「遠い親戚よ」

だから初音《はつね》のこの答えは意外ではあったが、それ程の驚きは無かった。

「遠いご親戚にしては随分親しそうですけど」

アリサが思っていても口にしなかった指摘をしたのは茉莉花《まりか》だ。服部《はっとり》に対する視線が、早馬《そうま》に対するものと同類になっている。彼女の中では「アリサにちょっかいを出す男」という分類が為《な》されているのかもしれない。

しかし、その煽《あお》りを受けて初音《はつね》に対する口調まで刺々《とげとげ》しいものになっているのは行き過ぎだろう。現にアリサは顔を顰《しか》めている。

「法的には従兄妹《いとこ》同士だから」

もっとも当の初音《はつね》は、何一つ気にしていないという表情と口調だ。

「本当に遠い親戚だったんだけど、縁あって刑部《ぎょうぶ》さんの叔父夫婦の養女になったの。だから法的には、私は刑部《ぎょうぶ》さんの従妹《いとこ》ね」

「……そうなんですか」

何やらナイーブな事情が絡《から》んでいそうな話に、茉莉《まり》花もさすがにそれ以上は踏み込めない。

彼女は曖昧に頷《うなず》くことで撤退を表明した。

「それで従妹《いとこ》として証言するけど、刑部《ぎょうぶ》さんにはナンパするような甲斐性《かいしょう》なんて無いよ」

「はぁ……」

毒気を抜かれた顔で茉莉花《まりか》が相槌《あいづち》を打つ。

一方の服部《はっとり》は「甲斐性《かいしょう》無し……」と苦い表情で呟《つぶや》いていた。――反論しないところを見ると、本人にも自覚があるのかもしれない。

「何と言っても高校時代から五年以上、片思いを引きずっているくらいだから」

「おい！」

だがこれには黙っていられなかったようだ。

「確かに高嶺《たかね》の花だったけど、刑部《ぎようぶ》さんだって一高時代は生徒会副会長と部活連会頭を務めた優等生だったんだからもっと度胸を持って攻めても良かったと思うのよね」

しかしここでも初音《はつね》は「何処《どこ》吹く風」だった。

「だから遠上《とおかみ》さん、安心して」

幸い、天気の崩れは一時的なもので雨量も大したことはなかった。空も少し明るくなっている。

アリサたちは雨宿りしていたプラタナスの下を離れた。

ＯＢの服部《はっとり》ともそのタイミングで別れた。雨を避けている間に少し話して分かったのだが彼は昨晩一睡もせずゼミ室に泊まり込みで、今は買い出しに行く途中だった。それにしては本人にも服にもくたびれた様子が無い。こんなところにも彼の筋金入りに几帳面《きちょうめん》な性格が表れていた。

集合時間の十分前に部員六人プラス茉莉花《まりか》を含めて四人の非公式応援団は全員揃《ぞろ》い、合計十人の一高生は魔法大学に入構した。

◇◇◇

魔法大学のクラウド・ボールコートは八本の支柱で支えられている半円筒形ドームの屋根の

下にあった。屋根は薄いカーテン程度に光を通し、四方側面に壁は無い。屋根の外からでも試合を観戦可能だ。

屋根の下には四面のコート。シングルス用とダブルス用が二面ずつだ。今日の試合ではその内、シングルス用とダブルス用を一面ずつ使うことになっている。

だからといってシングルスとダブルスを並行して行うわけではない。対抗戦はあくまでも一試合ずつだ。コートを二面借りているのは、シングルスとダブルスでコートの規格が違うからだった。

長さ（奥行き）と高さ（天井までの高さ）は同じ。だが幅が違う。シングルス用は六メートルでダブルス用は九メートルだ。テニスと違って側面が壁で覆われているから、シングルスとダブルスでコートを共用できないのである。

アリサたちが試合が行われるコートに着いた時には既に、三高のメンバーは揃《そろ》っていた。試合開始時間までには十分な余裕があるので、向こうを待たせていることに罪悪感を覚える必要はない。だが二年生の生真面目な部員などは気まずさを感じているようだった。

アリサはどうかといえば「昨日から泊まっていたんだろうな」と呑気《のんき》に受け取っていた。日和《ひより》も、いつもと変わりがない。彼女たち一年生コンビの方が二年生よりも精神的にタフだったようだ。

「あちゃー、やっぱりいるか……。そりゃ、そうよね」

しかしすぐ隣で呟《つぶや》かれた初音《はつね》のこの言葉は、アリサも無視できなかった。

「あの、いるって……？」

「あーっ……」

今の呟《つぶや》きは聞かせるつもりのなかったものだったようで、初音《はつね》の顔には「しまった」と書かれていた。

自分に向けられる視線が好奇心だけのものなら、彼女は適当に口を濁していたかもしれない。だが後輩の瞳の中に不安が揺れているのを見て、初音《はつね》は隠しても逆効果だと判断した。

「……競技人口は少ないけど、クラウド・ボールにも一応全国規模のオープン大会があってね」

「そうなんですね」

アリサは口で相槌《あいづち》を打ち、目で続きを促す。

「去年、その大会で準優勝した中学三年生がいたのよ」

「……もしかして、その子が三高にいるんですか」

「ええ。彼女」

そう言いながら初音《はつね》は手を使わず、目と顔の動きでアリサたちの視線を誘導した。

「……あの子が？」

「そう。緋色浩美《ひいろひろみ》さん」

「部長。同じ一年生なんですよね？」

それまで黙って初音《はつね》とアリサの会話を聞いていた日和《ひより》が強気な口調で会話に加わる。

「そうだけど」

「あたしに彼女とやらせてもらえませんか」

「緋色《ひいろ》さんと試合がしたいってこと？」

「はい」

強い闘志を面《おもて》に浮かべる日和《ひより》を見て、初音《はつね》は「こういうところが仙石《せんごく》さんと十文字《じゅうもんじ》さんの違いね」と思った。

「所詮、初心者の域を出ない今の私では勝ち目は薄いと思いますが……。今日負けたとしても、それを糧《かて》にして強くなって見せます」

スポ根、というと語弊があるだろうが、勝利と上達への意欲は競技者にとって重要な素質だと初音《はつね》は考えている。

日和《ひより》には二つとも備わっている。

残念ながらアリサには勝利に対する欲が決定的に欠けているし、勝ちたいという気持ちと結び付いていないから上達欲も見ていて物足りなく感じる。

執念が伝わってこない、とでも言えば良いのだろうか。

（……まあ、そういう女子の方が男子受けは良《い》いんだろうけど）

　容姿といい性格といい、アリサは男子にモテそうな要素満載だ。人間離れした美貌ではないが、このレベルになると美人過ぎない点もむしろプラスだろう。——初音《はつね》はついつい、そんな余計なことを考えてしまった。

「気持ちは分かった。でも仙石《せんごく》さん、残念だけど対戦相手は事前に決められないのよ。決められるのは順番だけ」

「そうなんですか……」

「その代わり、私とダブルスを交替しましょう。最後の試合だから緋色《ひいろ》さんが出てくる可能性は高いと思う」

「……良《い》いんですか？」

　この二週間、今日の試合を想定して日和《ひより》はダブルスの練習をしてきた。試合直前に変更して影響を受けるのは日和《ひより》だけではない。彼女のパートナーとして練習を積んできた先輩にも迷惑が掛かる。

　にも拘《かか》わらず日和《ひより》がすぐに辞退しなかったのは、それだけ緋色浩美《ひいろひろみ》と——強敵と戦いたいという気持ちが強いからだろう。

「ええ。私はダブルスも慣れているから」

「ありがとうございます」

　日和《ひより》が初音《はつね》に、嬉《うれ》しそうに勢い良く一礼する。

その姿をアリサは、少し眩《まぶ》しそうに見ていた。

そして日和《ひより》に眩《まぶ》しそうな——羨ましそうな目を向けているアリサに、彼女たちの会話を黙って聞いていた茉莉花《まりか》は少し心配そうな目を向けていた。

「あのさ、気にすることないと思うよ」

更衣室を借りて着替えてきたアリサに、茉莉花《まりか》は明るさがやや態《わざ》とらしい口調で声を掛けた。

「何のこと？」

アリサにとぼけている様子は無い。ただ表情は精彩を欠いている。きっとアリサ本人は意識していないのだろう。

「さっきのこと。性格は人それぞれだし、熱血が偉いとは限らないと思うんだ」

「……ああ、あれ」

茉莉花《まりか》が何のことを言っているか理解したアリサは、小さく頭《かぶり》を振った。

「偉いとか偉くないとか、そんなことは私も思っていないよ。ただ、ああいう熱さは私には無いなぁ、って」

「だから別に熱血じゃなくても良いじゃん」

「うん。多分私には無理。だから余計に羨ましいのかも。一所懸命な姿って素敵だよね」

「……アーシャだって一所懸命だよ。ただ表現方法が違うだけ」

「そうかな？」

「そうだよ！」

向きになって力説する茉莉花《まりか》に、アリサは「ありがと」と言って微笑《ほほえ》んだ。

◇◇◇

選手のリストが交換され、ようやく対戦相手が確定する。

試合はシングルス、シングルス、ダブルス、ダブルス、シングルスの順に行われる。アリサはシングルスの二戦目、日和《ひより》の元々の予定は四戦目のダブルスだったが、最終戦のシングルスに変更されている。――なお日和《ひより》と交代した初音《はつね》は当初、人数の関係で最初と最後のシングルス二試合に出る予定だった。

そして話題になっていた三高・緋色浩美《ひいろひろみ》の出番は、二戦目のシングルスだった。

「……これは予想外」

初音《はつね》の声が上滑りしているのは、本気で意外だったからだろう。

日和《ひより》は口惜《くや》しそうな顔をしている。

そしてアリサは、言葉を失っていた。

初音《はつね》がアリサの許《もと》に歩み寄る。

「えーと、もう出る試合は変えられないの」

そして、アリサの肩に手を置いた。

「これは練習試合だから。余り深刻に考えないで、とにかく精一杯やれば良いよ」

「部長……。はい、頑張ります」

初音《はつね》の励ましに、アリサは強張《こわば》っている笑みを返した。

初音《はつね》もアリサも勝利を口にしなかった。

◇　◇　◇

「十文字《じゅうもんじ》って、あの十文字《じゅうもんじ》？」

一方の三高サイドでは、選手リストに載ったアリサの名前が注目を集めていた。

「でも十文字家《じゅうもんじけ》に『アリサ』さんと仰《おっしゃ》るご息女はいらっしゃいましたかしら？」

アリサの対戦相手の浩美《ひろみ》が訝《いぶか》しげな表情で、背後の茜《あかね》に振り返る。茜《あかね》が魔法大学に来ているのはここのマジック・アーツ部の練習に参加する為《ため》だが、開始予定時間まで少しあるので浩美《ひろみ》の応援に来ているのだ。そして浩美《ひろみ》は、同じ十師族《じゅっしぞく》なら十文字家《じゅうもんじけ》の内情も知っているのではないかと考えて、茜《あかね》に話を振ったのだった。

「ああ、二年前に引き取られたんだよ」

確かに茜《あかね》はアリサの存在も彼女が抱えている事情も知っていた。

だがそれは、同じ十師族《じゅっしぞく》だからではなかった。

竜樹《たつき》が第三高校に入学するに当たり、十文字家《じゅうもんじけ》は「もしも何かあった時には竜樹《たつき》の力になって欲しい」と一条家《いちじょうけ》に頭を下げてきた。その際にアリサのことも教えてもらっていたのだ。一条家《いちじょうけ》の方から訊《たず》ねたのではなく、その前に十文字家《じゅうもんじけ》から説明があった。

「では、養子なのですか？」

「ノーコメント。家庭の事情はプライバシーだからね」

首を横に振る茜《あかね》。

「そうですね」

浩美《ひろみ》はあっさり引き下がった。彼女は言葉遣いほどお堅い性格ではないが、道理を重んじる質《たち》だ。それに、察しも良い《い》。「ノーコメント」の回答だけで、興味本位で突《つつ》くべきではない事情があると理解した。

「ただ一つ注意しておくね。多分だけど、十文字《じゅうもんじ》さんはその名前に見合う魔法力を持っていると思うよ」

「そうですか」

このセリフで、浩美《ひろみ》は大体の事情を覚《さと》った。十文字《じゅうもんじ》アリサは十文字家《じゅうもんじけ》直系の血を引いている。にも拘《かか》わらず二年前に突然引き取られたということは十文字家《じゅうもんじけ》当主、いや前当主が外に作った子供なのだろう。

しかし重要なのは、そこではない。

「一応気を付けておきます。ですが現在のルールでは、クラウド・ボールは魔法力だけで勝てる競技ではありませんから」

それを証明する良《い》い機会だ、と浩美《ひろみ》は思った。……もしかしたら彼女には、十師族《じゅっしぞく》に対するコンプレックスのようなものがあるのかもしれない。

「勝ちます。必ず」

◇　◇　◇

対抗戦が始まった。

三高のクラウド・ボール部も一高同様部員減少に悩んでいて、総勢七名しかいない。一高と違うのは、学年別の部員構成。三年生が三人、二年生が一人、一年生が三人。三年生が卒業した後の来年度は、一高以上に存続が危ぶまれることになるかもしれない。

一回戦、三高は唯一の二年生を出してきた。一高の一番手である初音《はつね》も二年生だから同学年対決だ。二人の実力は拮抗《きっこう》していた。

初《しょ》っ端《ぱな》から白熱した試合展開。第一セットは三高が、第二セットは一高が取り、試合は最終セットにもつれ込んだ。

クラウド・ボールはスタミナが勝負を大きく左右する。その為《ため》、第一セットを取った方が有利とされている。この最終セットも、第一セットを失った初音《はつね》の方が苦しそうだ。それでも点差は開かない。まさに一進一退。

そしてコートの灯《あか》りが消える。試合終了はブザーでもホイッスルでもなく、微発光していたコートサーフェスの光が消えることで示される。

点差は五点。

勝ったのは初音《はつね》だった。

不利な状況からの逆転勝利に一高のベンチサイド——慣用的な名称ではなく、文字通りの「ベンチ」だ——が喜びに沸く。

初音《はつね》の勝利を一緒になって称《たた》えながら、アリサの心は奇妙に凪《な》いでいた。

元々勝ちたいという欲は無い。いや、全く無いわけではなく勝てれば少しは嬉《うれ》しいが、その過程で人と争うことを思えばアリサは憂鬱になってしまうのだ。

その上、次の対戦相手がさっき初音《はつね》から話を聞いた実力者ということで、まるで勝てる気がしなくなっていた。

だからといって先輩の勝利を歓《よろこ》んでいるのが演技というわけでもない。初音《はつね》が勝てて良かったという気持ちは本当だ。

ただ——そういう自分の気持ちまで含めて何かが間に一枚、挟まっているような感覚だった。

レンズ越しに眺めている風景。

あるいはディスプレイに映し出された中継映像。

自分を他人のように客観視している疎外感。

（……そろそろコートに入らなくちゃ）

それが試合をしなければならないことに対するプレッシャーからの逃避だと、彼女は気付いていなかった。

◇　◇　◇

初戦の敗北で、浩美《ひろみ》の闘志はますます燃え上がっていた。自分でも明確に意識していなかった「負けられない」という感情の理由を愛校心にリンクさせて正当化した。

「緋色《ひいろ》さん、そんなに力まなくても良いのよ？　普通にやれば緋色《ひいろ》さんが負けるはずないんだし、万に一つ勝てなかったとしても公式戦じゃないんだから」

リラックスさせようとする部長の言葉に、浩美《ひろみ》は真剣な面持ちで頭《かぶり》を振った。

「いいえ。たとえ公式戦でなくても、これはライバルである一高との対抗戦です。連敗など論外。まずは次の試合でイーブンに戻して御覧に入れます」

ライバル校との対抗戦に相応《ふさわ》しい試合を。

それは誰が聞いても納得する動機であり、そういう理由で浩美《ひろみ》の気持ちが盛り上がっていると彼女本人でさえ疑わなかった。

「それでは部長。勝ってきます」

浩美《ひろみ》はそう言い残してコートに向かった。

◇　◇　◇

アリサがコートに入る。

わずかに遅れて浩美《ひろみ》がネットを挟んだ向かい側に立つ。

二人は同時に軽く腰を落としてラケットを構えた。

こうして浩美《ひろみ》と相対したら自分はきっと気圧《けお》されるだろう——。アリサはそう思っていたのだが、彼女の予想は外れた。

(ダメダメ。こんなにやる気が出ないなんて)

闘志を持てない自分をアリサは心の中で叱り付けた。

(試合に出るからには責任があるんだから！)

勝てるわけがない、という気持ちから目を逸《そ》らし蓋をする。

(ベストを尽くすんだ)
それでも「勝つぞ」とは思えない。自分の心の中だけであっても言えない。
そんな中途半端《ちゅうとはんぱ》な精神状態で、アリサは試合開始を迎えた。
第一セットの三分間は、あっと言う間に終わった。
——何もできずに終わった。
——何をされたのか、自分が何をしていたのか、分からなかった。
——訳が分からず、ただ疲労だけが残った。
これがアリサの実感だった。
セットとセットの間のインターバルは一分間。
ベンチに戻ってきたアリサは腰を下ろさず、膝に手を突いて呼吸を整えている。
「……アーシャ、大丈夫？　続けられそう？」
茉莉花《まりか》が心配そうに上半身ごと下を向いたアリサの顔をのぞき込む。
「十文字《じゅうもんじ》さん、棄権しても良いのよ……？」
初音《はつね》は気遣わしげに横から声を掛けた。
アリサがその言葉に身体《からだ》を起こす。彼女は強い眼差《まなざ》しを初音《はつね》に向けた。
「いえ……やります。続けさせてください」

試合開始直前とは別人のように強い瞳。

「そう」

見たところアリサの体力はまだ、ほとんど回復していない。だが初音《はつね》は「無理」とも「無謀」とも言わなかった。

コートインを促すシグナルが点《とも》る。

「相手がどんなに速く動いてもボールが消えるわけじゃないから」

歩き出したアリサの背中に、初音《はつね》が一言だけアドバイスを送った。


浩美《ひろみ》は既にコートの中で構えを取っていた。

アリサは小さく頭を下げて遅れたことを謝罪し、同じように構えを取った。

そして心の中で、初音《はつね》に言われたことを反芻《はんすう》する。

(さっきは緋色《ひいろ》さんのスピードに翻弄されてしまった……)

一セット目を思い出して、心の中で呟《つぶや》く。

二セット目、三セット目のサーブは、前のセットを取られた側のレシーブになる。圧縮空気を使ったシューターから緩く送り込まれた球を天井目掛けて打ち返した。

そのボールが天井と後方の壁に跳ね返り落ちてくる地点に、浩美《ひろみ》が突如出現する。

自己加速魔法によって目にも留まらぬほどの速さで動いたのだと理屈では分かる。しかし魔法で肉体の運動を加速しても、常識では五感がそれについていけない。

　自分の知覚速度を超えた加速は、暗闇の中で恐怖を忘れて走り回るのに似ている。障碍物《しょうがい》が間近に迫っても、その情報が脳に届く前に激突して自爆してしまう。

　ところが浩美《ひろみ》は知覚が追い付かないはずの速度領域で自分の周りが見えているように動く。その魔法の常識すらも越える素早さに第一セットのアリサは完全に翻弄された。

（でも、目にも留まらないボールが返ってくるわけじゃない）

　浩美《ひろみ》はリターンにボールを直接操る魔法を余り使わない。その異常なスピードでボールに追い付き、ラケットで打ち返すプレーを好む。

　自分が打ったボールの落下地点に走り、そこからボールは返ってくるのだ。自分の打球の軌道を把握していれば、相手の動きに惑わされることはない。——アリサは初音《はつね》のアドバイスから、それを理解した。

（ボールだけを追うのよ。ボールだけを）

　このセットの開始直後からずっと、アリサは感覚を薄く、粗く、大きく広げていた。詳細な情報は必要無い。髪の毛ほどの細い針や、無色透明のガスに備える必要はないのだ。直径六センチのボールを九個追うだけで良《い》い。

（スピードでは敵《かな》わないけど……）

　浩美《ひろみ》がどんな技術を使って知覚速度の限界を超えているのかアリサには分からない。

(だけど、知覚範囲なら引けは取らない！)

十文字家《じゅうもんじけ》の魔法はあらゆる攻撃を防ぎ止める盾。何時《いつ》、如何《いか》なる場所から繰り出された攻撃も察知し対応できるワイドレンジの知覚力が必要とされる。

しかし十文字家《じゅうもんじけ》には遠隔視や未来視のような知覚系の資質はない。彼らは足りない資質を技術で補った。情報次元にパッシブレーダーのような知覚網を広げ、そこから攻撃の兆候となる「変化」を読み取る技術を磨いた。

物体や現象が変化すれば、その情報が「世界」に記録される。その情報を読み取るのは、精度や範囲、深さに差はあっても、魔法師が共通して持つ能力だ。十文字家《じゅうもんじけ》の魔法師は、その能力を磨いた。何か特定の事象を「探り出す」能動的な知覚力は切り捨て、その代わり攻撃を「察知する」、広い範囲の「変化」を受動的に見付け出す知覚の技術を。

何時《いつ》の間《ま》にかアリサの「視界」から浩美《ひろみ》の姿が消え、六メートル×十八メートル×四メートルの空間を跳ね回り飛び交っている九つのボールだけが映し出されていた。

第二セット開始から一分が経過した。ここまで得点差はほとんどついていない。

(第一セットとは、まるで別人のよう……)

この試合展開に、浩美《ひろみ》は心の中で驚きの呟《つぶや》きを漏らしていた。

第一セットを取ったから第二セットはスタミナを温存している、というわけではない。

彼女は一気に試合を決めてしまうつもりでこのセットに臨んでいた。

だが点差が開かない。それどころか逆転を許す瞬間もある。

（楽勝かと思いましたが、そうもいかないようですね）

（さすがは十師族《じゅっしぞく》・十文字家《じゅうもんじけ》……ですが！）

（それなら、尚更《なおさら》負けられない！）

何故《なぜ》「尚更《なおさら》」なのか。その理由は、浩美《ひろみ》の思考の中で言語化されなかった。


浩美《ひろみ》がギアを上げたことにより、点差が徐々に開き始めた。

六つのボールが同時にアリサのコートへ降り注ぐ。普通の魔法では、全てに対応はできない。ボールの緩急と、自陣内の壁と天井を使ったバウンドを利用して、ボールが返るタイミングを合わせる。浩美《ひろみ》はスピードだけでなく、クラウド・ボール特有のテクニックも駆使してリードを奪っていく。

クラウド・ボールには魔法の行使に関する様々な禁止事項がある。例えばシールドサイズの制限。例えばボールの軌道を直接操作する魔法の禁止。それ以外にもボールに長時間作用する魔法の禁止、同じボールに対する連続干渉の禁止、コートの施設に対する干渉の禁止、等々。

ネットを超えたボールに魔法を作用させてはならないというのも、反則行為の一つだ。プレーヤーは相手側コートにあるボールには手が出せない。だから異なるボールを交互に自陣の壁にぶつけることで、相手に打ち返すタイミングを揃《そろ》えられる。

もちろん、口で言うほど簡単ではない。だが浩美《ひろみ》はこの高等テクニックを高いレベルで使いこなしていた。

現在のアリサはボールの認識を全面的に、情報次元経由の魔法的な知覚力に依存している。同時に幾つ返されても、ボールの行方が全て把握できている。ただ手が足りていないだけだ。

ならば、この状況を覆《くつがえ》す為《ため》には手を増やせばいい。

例えば、時計だ。

ボールを肉体的な視覚で追っていないから、肉眼には他の物を見る余裕があった。

第二セットは残り九十秒。

(……まだ早い)

点差が開くペースが上がった。

残り七十秒。

(もう少し)

あの魔法は『ファランクス』以上に精神的な負担が大きい。無意識領域に存在する魔法演算領域に対する負荷よりも集中力や認識力、判断力といった情報を処理する意識の力を激しく消耗する。長時間維持し続けるには、アリサはまだ熟練度が足りない。

残り六十秒。これ以上点差が開くと逆転は不可能だ。

（まだちょっと早いけど、やるしかない！）

思考操作型CADは二つのデバイスを組み合わせて使用する。

一つは起動式を電子的に記録し、想子《サイオン》信号を受信する感応スイッチで指定された起動式を出力するデバイスで、こちらはブレスレットの形を取ることが多い（一般にはバングルと呼ばれている幅の物が多い）。

もう一つは感応スイッチに対応した想子《サイオン》信号を作り出しペアとなるCADに発信する無系統魔法を発動する為《ため》の単一機能デバイス。こちらはペンダントの形をしている物が主流だ。

アリサはこの一組のCADを使ってマルチスポットシールド並列生成魔法、防御型ファランクス亜種『ペルタ』を発動した。

加速レベルを上げてから、リードは広がっている。だが思ったほど突き放せていない戦況に、浩美《ひろみ》は焦《あせ》りを覚えていた。

第一研が開発しようとした魔法師は、生体に干渉する魔法の遣い手。より具体的には敵兵士に直接ダメージを与える魔法を使用する戦闘魔法師だ。

その作品である一条家《いちじょうけ》、一之倉家《いちのくらけ》、一色家《いっしきけ》はそれぞれタイプが違う「生体に干渉する魔法」を得意としている。

一条家《いちじょうけ》の得意魔法は体液に対する干渉。

一之《いちの》倉家《くらけ》の得意魔法は体熱に対する干渉。

そして一色家《いっしきけ》の魔法は生物電気に干渉することを得意としている。浩美《ひろみ》のスピードは一色家《いっしきけ》の魔法、神経細胞に関わる活動電位に干渉する魔法によるものだった。

人の五感は、感覚器がそれに対応する刺激を受けることで発生させる活動電位が感覚神経を経由して中枢神経、主に脳へと伝達されることで知覚される。魔法学的にはさらにもう一段階、脳から精神に情報が送信されることで知覚が成立する。

しかし一色家《いっしきけ》の魔法はこのプロセスをショートカットし、感覚器で生じた電気信号を脳に直接伝える。これによって魔法で加速された運動に対応可能な知覚速度を生み出していた。

また運動に関しても脳から筋細胞へ指令を伝える運動神経系をショートカットし、何をするのか決定するのと同時に手足を、身体《からだ》を動かす。これによって普通なら人間には不可避な、判断から行動までに発生するゼロコンマ数秒のタイムラグを無くし、他人よりもワンテンポ早く動き始めることができるのだ。

一色家《いっしきけ》はこの神経伝達プロセスをショートカットする魔法を『電光石火』と呼んでいる。この名称はカモフラージュでもある。一色家《いっしきけ》の魔法の本質は電光の如《ごと》き「速さ」ではなく、相手に先んじる「早さ」だった。

現に対戦相手の十文字《じゅうもんじ》アリサは自分の早さに対応できていない。速さでなく早さであると分かってもいない。——浩美《ひろみ》はそう感じていた。だから第二セットになって何故《なぜ》点差が開かないのか腑《ふ》に落ちなかったのだ。

しかし浩美《ひろみ》はようやく理解し始めていた。早さに対応するも何も、アリサは浩美《ひろみ》のことを見ていない。ボールも目で見ているようには感じられない。

魔法で肉体的な知覚力を強化している自分と違って、十文字《じゅうもんじ》アリサは何らかの魔法で直接ボールの動きを把握しているに違いないと、浩美《ひろみ》は思った。

(でしたら、分かっていても返せない攻撃をすれば良いだけでしょう！)

浩美《ひろみ》はスピードアップした視覚で、全てのボールの位置を素早く把握する。そして自陣の壁と天井を利用し、八つのボールを同時に相手コートへ打ち込んだ。

ラケットで処理できる数ではない。だからといって魔法で纏《まと》めて返そうとすればシールドサイズ超過の反則を犯してしまう可能性が高い。こちらへの返球も甘くなるだろう。

これで相手を突き放せると浩美《ひろみ》は確信していた。

(えっ？)

だから全てのボールが自分のコートに跳ね返ってくるという状況に、浩美《ひろみ》は咄嗟《とっさ》に反応できなかった。

浩美《ひろみ》が飽和攻撃を仕掛けた八球と、普通に打ち返された一球。九球の同時攻撃が浩美《ひろみ》のコートを蹂躙《じゅうりん》する。

クラウド・ボールは一球落としたら一点ではない。自陣コートに落ちた回数だけ失点になる。

このワンプレーで浩美《ひろみ》は十点を失った。いや、失点をなんとか十点に止《とど》めた。

しかし一度奪われた流れを取り戻すのは難しい。自分が勝負を懸けた局面で逆転されたのであれば尚更《なおさら》のこと、動揺を免《まぬが》れない。またそういう精神的な側面が無かったとしても、いきなり八枚のシールドを同時に構築しその後もボールの軌道上に、ピンポイントにシールドを並列展開しているアリサの防壁魔法に浩美《ひろみ》は反撃の糸口を摑《つか》めなかった。

第二セット終了間際《まぎわ》、アリサは『ペルタ』を展開し続けることの限界を感じた。その時アリサは時計は見ていなかったが、彼女の感覚では、第二セットはまだ十秒以上残っていた。

そして、それは間違いではなかった。この時点での経過時間は二分四十八秒。残り時間は十二秒だった。そして得点差はアリサの十七点リード。クラウド・ボールでは十分逆転可能な残り時間と点差だった。

しかしアリサは無理をせず『ペルタ』を終了させた。限界を覚《さと》ってすぐ、一瞬も悩まなかった。浩美《ひろみ》の方にも余力が無いと読んだからではない。彼女は自分の優先順位を間違えなかっただけだ。

もちろん試合に手を抜いたりはしない。『ペルタ』は使わなかったが、通常のシールド魔法はその後もフル回転させ、かつコートを走り回った。

第二セットの三分間が終わる。再逆転はなく、このセットはアリサが取った。点差は十九点と、むしろわずかに拡大していた。

第二セット終了直後、浩美《ひろみ》はしばらく動けなかった。

「――緋色《ひいろ》さん、どうしたの⁉」

十秒以上立ち尽くした彼女に、三高の三年生が焦《あせ》った声を掛ける。

休憩が取れるインターバルは一分間しかないのだ。クラウド・ボールはテニスと違って短時間の運動だが、その短時間に集中的に動くので汗はかなりかく。特に浩美《ひろみ》はコート内を走り回るスタイルだ。口を湿らせる程度は水分を補給した方が良《い》い。仮に水を飲まなくても、汗は拭くべきだ。

三年生の声を聞いて、固まっていた浩美《ひろみ》に表情が戻る。彼女はすぐにコートを出て、三高のベンチに向かった。浩美《ひろみ》は腰を下ろさず、飲み物のボトルも手に取らず、大判のタオルで汗だけを拭いた。

「浩美《ひろみ》、大丈夫？」

余り心配していなさそうな声で訊《たず》ねたのは部外者の茜《あかね》だ。

「ええ、大丈夫です。あの魔法には驚きましたが、既に勝機は見えています」

「そうか。じゃあ、私からは何も言わなくて良さそうね」

「はい。茜《あかね》さんとわたくしは、同じことを考えていると思いますから」

浩美《ひろみ》の声に、虚勢は無かった。

茜《あかね》は満足げな表情で引き下がった。


「アーシャ、お疲れ様！　大逆転だったね」

一高のベンチでは、茉莉花《まりか》がアリサを満面の笑顔で出迎えた。

「気が早いって。まだ第二セットだよ」

応えるアリサの息は荒い。彼女は大きなタオルを自分の顔に被《かぶ》せ、今にも滴《したた》り落《お》ちそうな汗をやや乱暴な手付きで拭った。

「十文字《じゅうもんじ》さん、体調は平気？　頭が痛くとかなってない？」

タオルを置いてドリンクを一口飲んだアリサに、初音《はつね》が懸念《けねん》の滲《にじ》む声で問い掛ける。

アリサは背筋がビクッと震えそうになる動揺を覚えたが、表情には出さなかった。

「……大丈夫です」

だからといって、誤魔化しもしなかった。

「並列シールドの魔法を止《や》めたのは無理をしない為《ため》ですから。本物の限界だったんじゃありません」

「それなら良《い》いけど」

初音《はつね》は取《と》り敢《あ》えず納得した様子。

「アーシャ、本当に大丈夫？」

茉莉花《まりか》は逆に、アリサの答えを聞いても、初音《はつね》の指摘に安心できなかったようだ。

「うん、大丈夫。もう行かなきゃ」

アリサはそれ以上の質問を拒絶するようにコートへ向かった。


（ミーナにはああ言ったけど……）

確かに酷《ひど》い頭痛のような深刻な症状はない。だがアリサはさっきから、意識に掛かる薄い靄《もや》を感じていた。

これは魔法演算領域が疲労している兆候だ。十文字家《じゅうもんじけ》は魔法演算領域のオーバーヒートを起こしやすいという体質――特質から、魔法演算領域の消耗によって生じる様々な症状について家の中で教育が行われている。

だから自分が危険な状態に足を踏み入れかけているのをアリサは理解していた。本当なら第三セットを棄権すべきかもしれないという考えも脳裏を過《よぎ》った。

だが彼女は試合を続けることを選んだ。

（まだ大丈夫）

理由の一つは、この状態が彼女にとって初体験のものではないから。激しい運動をすれば息が苦しくなるように、ハイレベルの魔法を使えば魔法演算領域が消耗するのは当然の現象なのだ。息が切れたからといってすぐに走るのを止めたのでは何時《いつ》まで経《た》ってもマラソンを完走する心肺機能は得られない。魔法力——精神の力も、負荷を避けてばかりでは向上しない。

……というのはあくまでも十文字《じゅうもんじ》家《け》で学んだ、いわば受け売りだ。アリサが棄権を選ばなかったのは、魔法力を鍛えたいからではなかった。

しかしもし「では何故《なぜ》か？」と訊《き》かれても、アリサには答えられない。

彼女は自分が何故《なぜ》試合を続けようとしているのか、自覚していなかった。

第三セットが始まった。

浩美《ひろみ》の戦い方は変わらない。第二セットは取られたが、彼女は対策を立てる必要を感じていなかった。

（あの魔法は確かに厄介ですけど）

厄介ではある。

だが脅威ではない。敗北の恐怖をもたらすものでもない。

（一時的なリードを奪われても勝敗を決定づけるものではありませんね）

多数のシールドを瞬時に並列展開し全てのボールを跳ね返す、あの魔法。あれを使用されている間は浩美《ひろみ》でも得点は難しい。だが失点を低く抑えることは可能だ。

第二セットは大量失点してしまったが、あれは率直に言って予期せぬ魔法に慌ててしまい、適切な対処ができなかった所為《せい》だ。認めたくはないが、あの時の自分はパニック状態だった。第二セット終了直後の、チームメートから見れば茫然自失《ぼうぜんじしつ》としていた短い時間で、浩美《ひろみ》はそのように自己分析を終えていた。

シールドサイズの制限に掛からず全てのボールを跳ね返すあの魔法のディフェンス力は確かに凄《すご》い。あれを突破して得点することは難しいだろう。

だが、ただ返ってくるだけだ。コースも変わらなければスピードの緩急も無い。壁に向かって打っているつもりでプレーすれば、点を取られることはあっても大量失点は無い。

（それに、使える時間には限界があるようですから）

幾ら大量失点しないとはいえ、こちらが得点できなければセットは取れない。あの魔法を三分間ずっと使い続けられたなら、浩美《ひろみ》は手も足も出ない。しかし敵選手、十文字《じゅうもんじ》アリサは第二セットの後半からしかあの魔法を使わず、しかも終了間際《まぎわ》になって並列シールド魔法を解除した。

その事実は、彼女にはあの魔法をセットの間中ずっと維持し続けられる力が無いことを示している。元々短時間だけの使用を想定した魔法なのか、それとも彼女が未熟なのか。

そのどちらであっても浩美《ひろみ》としては構わない。重要なのは、試合中に必ず付け入る余地が生まれるということ。あの魔法を使われている間を最少失点に抑えれば、それ以外の実力は自分の方が勝っている。それを第一、第二セットを経て浩美《ひろみ》は実感している。

（結局、自分のプレーをすれば良いのです）

小細工は必要無い。クラウド・ボールは元々、相手の隙を突き裏をかくよりも自分が如何《いか》にミスをせず確実にボールを返していくかが重要なスポーツ。誰にも負けないスピードで、冷静に拾いまくれば良い。今まさに、やっているように。

（勝たせてもらいます、十文字《じゅうもんじ》さん）

浩美《ひろみ》は短い時間差で飛んできたボールを空中で連続して打ち返しながら、心の中で強く言い切った。


（やっぱり、普通に戦ったんじゃ敵《かな》わない……）

ジリジリと離されていく点差に、アリサは対戦相手である緋色浩美《ひいろひろみ》との実力差を痛感していた。

まったく敵《かな》わないとは、感じない。第一セットのように何をされているか分からないという感じではない。ボールは返せているし、点も取っている。それなのに気が付いてみると、相手のリードが広がっているのだ。

（経験の差……だけじゃ、きっとない）

もちろんキャリアの差が最大の理由だろう。だがアリサは、それだけではないような気がしていた。

自分には分からない何かを、この対戦相手は持っている。

あるいは、知っている。

それが越えられない壁になって、アリサの前に立ちはだかっている……。

（まだ早いけど、使うしかない）

彼女は早々に切り札——と言うより、唯一の武器を使用することを決めた。

（コール・〇四《ゼロフォー》、エンター）

完全思考操作型ＣＡＤは、想子《サイオン》信号を無系統魔法で発信する為《ため》のデバイスの方を思考で操作する。このデバイスは常時待機状態にあり、想子《サイオン》を流し込むだけでアクティブになる。そして通常のＣＡＤでは変数をイメージとして入力するプロセスで、対となるデバイスに格納された起動式の番号をイメージにより指定する。

その形式は決まっておらず、例えば「四番を指定する」のような通常の会話文形式でも何ら問題は無い。アリサが日本語でもロシア語でもなく英語を使っているのは、魔法学の用語に英語由来のものが多いからという単純な理由からだった。

起動式の番号割り振りも、魔法師が自由にアレンジできる。系統ごとに割り当てている者もいれば、使用頻度の高い順に割り当てる魔法師もいる。

アリサの場合は、十文字家《じゅうもんじけ》で練習に使う頻度が高い順だった。〇一番が単層シールド魔法、〇二番が『防御型ファランクス』で〇三番が『攻撃型ファランクス』。そして〇四番が『ペルタ』である。

　アリサの内部に待機状態の魔法シールドがストックされる。座標を指定すれば即座に展開される状態だ。現代の魔法は普通、魔法式を構築する段階で対象を指定する。シールド魔法は空間の性質を改変するもの。指定すべき対象は座標だ。魔法式を構築した後に事象改変対象を指定する『ペルタ』は、かなり特殊な現代魔法と言える。

『ペルタ』を発動したアリサはススッと後ろに下がり、コートの最後方、テニスの用語で言えばベースライン中央のすぐ前で足を止めた。クラウド・ボールでは魔法のみでプレーする際のポジションとされている位置だ。

　第二セットは魔法的な感覚だけで捉えていたボールの軌道を、魔法感覚と肉眼の併用で把握する。

　ネットを超えたボールの軌道にベクトル反転の性質を与えた魔法シールドを設置。終了条件をその様に設定しているので、ボールを跳ね返した後すぐにシールドは消える。

　同時にアリサの中で、待機状態のシールドが一枚追加される。この様にして自動的にシールドのストックが回復するのは、『ファランクス』のシステムを流用しているからだ。だから『ペルタ』は「ファランクスの亜種」なのである。

（……。ペースが落ちた……？）

　奥の手であり唯一の武器でもある『ペルタ』を使ったことで失点は止まった。敵の攻撃は完全にシャットアウトしている。

だが第二セットと違って、こちらの点も中々入らない。打ち返されるボールには明らかに勢いが無い。

(ベクトル反転シールドに捕まることを前提にして、返ってくるボールが対処しやすいスピードになるように敢《あ》えて弱い球を打っている……？)

ベクトル反転は物体の運動方向を逆転させる魔法だ。空間に設置した魔法の力場、即《すなわ》ち魔法シールドに触れた物体に、接触の時点で持っていたスピードで、逆方向に瞬間的な推進力を与える。

運動エネルギーを増幅して与えるバリエーションもあるのだが、今回はエネルギー増幅の機能は加えていない。通常の物理現象で「エネルギー増幅」という場合は、厳密に言えばエネルギーの追加増量である。前以て他からエネルギーを持ってきて「増幅」したいエネルギーに変換し足し合わせる。総エネルギー量は変わっていない。ところが魔法による「エネルギー増幅」は文字どおりの意味で、事前に他のエネルギーを犠牲にすることなくエネルギーを増大させる。

魔法が魔法師に与える負担の強弱を決めるファクターは幾つかあるが、概括すれば本来あるべき事象との乖離《かいり》が大きいほど魔法師の負担になる。言い換えれば、魔法演算領域により大きな負荷を掛ける。

　エネルギー量の増減は、特に大きな影響を与えるファクターだ。事象改変の前後で事後的にエネルギーの総量の乖離《かいり》が小さい程、魔法師の負担は小さいと言われている。言い換えればエネルギー総量の増大は無論のことエネルギーの減少も魔法演算領域に対する負荷増大につながる。

　アリサが単純なベクトル反転シールドを使っているのは魔法演算領域の消耗を抑え、『ペルタ』の持続時間を引き延ばす為《ため》だった。

（でも、結果につながらないなら意味は無い……）

　緋色浩美《ひいろひろみ》は態《わざ》と球速を落としベクトル反転で跳ね返されるボールを拾いやすくしている。それは同時にラリーのペースを落とし、相互の得点機会減少にもつながっている。

（緋色《ひいろ》さんは多分、見抜いているんだ。私が最後まで『ペルタ』を使い続けられないことを）

　そして自分が『ペルタ』を使えなくなったら一気に攻勢に出るつもりなのだろう。——アリサはそう考えた。

（どちらにしろ、このままじゃ逆転できない）

　アリサは自分の戦術ミスを覚《さと》った。相手は格上なのだ。途中で息切れすることなど考えずに、最初から『ペルタ』を使っておくべきだった……。

（今更後悔しても、何もならない！）

　後悔先に立たず。いや、まだ試合は終わっていない。試合中に戦術ミスを悔やんでも何一つ役に立たないが、試合中だからできることもある。

アリサは後悔したまま終わらない為《ため》、足掻《あが》いてみる決意をした。

いきなり前に出てきたアリサのプレーに、浩美《ひろみ》は意表を突かれた。

浩美《ひろみ》が緩やかに返したボールを、走りながらアリサが強打する。咄嗟《とっさ》に対応が遅れた浩美《ひろみ》は、ワンバウンドした後に何とか追い付き失点を最小限に抑える。

しかしその間にも鋭い打球が浩美《ひろみ》のコートに打ち込まれ、次々と失点を重ねてしまう。

浩美《ひろみ》も魔法とラケットを併用してボールを打ち返す。弱いボールは空中で跳ね返されたが、速い打球は相手のコートに落ちた。

（並列魔法シールドを解除した？）

浩美《ひろみ》が予想したよりも早い。前のセットの疲労が残っていたのだろうか。

（ですが予定は変わりません。あの魔法が解除されたなら、わたくしは攻めるだけです！）

浩美《ひろみ》はスローペースを強いられた鬱憤《うっぷん》を晴らすようにギアを上げた。

奇襲によって点差を縮めたアリサだったが、追い付く前に再び引き離され始めた。

全力で走り、手を伸ばし、魔法を駆使しても、得点する以上の点を奪われてしまう。

（もう一度……いいえ、ダメね。同じことの繰り返しになってしまう）

もう一度『ペルタ』を使う余力はある。おそらく第二セットと同じくらいまで、具体的には試合終了の十秒前くらいまでは『ペルタ』を維持できる感触がアリサにはあった。

しかし今の点差をひっくり返すのは多分、不可能だ。さっきまでと同じことをやられてしまう。

(どうせ追いつけないなら、いっそ……)

アリサは『ペルタ』の再使用という選択肢を意識から抹消した。

浩美《ひろみ》は着々とリードを広げながら、試合展開に不満を覚えていた。

(十文字《じゅうもんじ》さんは何故《なぜ》あの魔法を使わないのかしら？　まだ限界ではないはずだけど)

あの並列シールド魔法を使わない限り、自分と互角に戦うことはできないと分かっているはずだと浩美《ひろみ》は考えていた。

使う余力が残っているのに使おうとしないのは、勝つ気がないからだろうか……？

(ならばさっさと棄権すれば良いものを！)

浩美《ひろみ》の中で、不満が苛立《いらだ》ちに変わる。

(だったら徹底的に蹂躙《じゅうりん》して差し上げます！)

その苛立《いらだ》ちを、彼女は苛烈な闘志に変えた。

激しさを増した浩美《ひろみ》の攻撃に、アリサは対応できない。点差が拡大するペースが上がっていく。彼女は遂《つい》に、コートの中央で足を止めた。

三高のベンチは余裕の笑みを浮かべ、一高のベンチを諦めが覆った。

しかし残り一分を切ったこの時点で、試合の流れが変わる。一高サイドにとっても意外なことに、アリサが巻き返し始めた。

足を止めたアリサが、魔法のみでボールを打ち返す。

『ペルタ』ではない。空間に設置するシールド魔法ではなく、一つ一つのボールに対して能動的に加速系魔法を発動し、相手コートに打ち込んでいるのだ。

魔法は『リバース・アクセル』。運動方向とおおよそ逆方向の加速度を物体に付与する魔法。ベクトルを正確に反転させるものではなく、「逆方向」と認識される範囲において運動方向は術者が任意に決定できる。加速度も自由に変えられる。

しかし任意に設定できるということはその分、術者が決めなければならない項目が増え、一見魔法師の負担が増すように思われる。だが各物体ごとに、その角度、加速度に対応した改変を行わなければならないベクトル反転よりも魔法式自体は簡単なものになる。方向、加速度の設定は同じ値を使い回せばいちいち判断する必要もなくループキャストで半自動化できる。

方向と加速度について同じ値を適用するというのは、相手にとっては打点が違うだけで常に同じ球が返ってくるということだ。浩美《ひろみ》にとっては返球の難易度が下がる。

だが魔法式が簡単で判断が不要であるから素早く魔法を発動できる。また、魔法のみで対応すると決めたことで「ラケットか魔法か」の思考も要らなくなる。その結果アリサもまた、浩《ひろ》美《み》のスピードに負けない返球が可能となった。時には、浩美《ひろみ》のスピードを凌駕《りょうが》した。

高速の、目まぐるしい応酬。

ここで浩美《ひろみ》が『ペルタ』に対策した時のように緩急を付ければ、「同じ球種ばかりが返ってくる」というアリサの作戦の欠点を突けたかもしれない。

だが浩美《ひろみ》は向きになってハイペースの打ち合いに応じた。

その結果、今までとは逆にアリサが失点以上に得点を重ね、徐々に点差を詰めていった。

一高と三高、両校のベンチが静まりかえる。声援を送るのではなく、固唾《かたず》を飲んで二人のプレーを見守っている。

一高のベンチは「もう少し」と心の中でエールを送り、

三高のベンチは「早く終わって」と念じていた。

コート面の発光が消える。

セットの終了。

得点差は一桁。七点の僅差でこのセットを浩美《ひろみ》が取り、試合は彼女の勝利で終わった。

◇　◇　◇

「アーシャ、惜しかったね！」

浩美《ひろみ》と握手をして戻ってきたアリサを真っ先に迎えたのは、ユニフォーム姿の部員に交じって制服姿で応援していた茉莉花《まりか》だった。

「ううん、完敗。実力の差は点差以上だった」

そう応えながらアリサは、疲れた顔はしていたが余り口惜《くや》しそうではなかった。

むしろ「やりきった感」がある。あるいは「力を出し切った感」か。何かを達成できたかどうかは別にして、できることはやり尽くしたという表情をアリサは浮かべていた。

「十文字《じゅうもんじ》さん、お疲れさま」

初音《はつね》が労《ねぎら》いの言葉を掛けた。それ以上の、敗北を咎《とが》める言葉も慰める言葉も無かった。

「……すみません、部長」

敗北に言及したのはアリサの方だ。

「やっぱり負けてしまいました」

闘志に欠けるこのセリフにも、初音《はつね》は「良《い》いのよ」と返しただけだった。

「それより十文字《じゅうもんじ》さん、シャワーを浴びてきたら？」

「いえ、ここで応援させてください」

「良《い》いけど、無理しないでね」

初音《はつね》はそう言って、立ったままのアリサをベンチに座らせた。

◇　◇　◇

「浩美《ひろみ》、おめでとう」

一方、三高で浩美《ひろみ》に対して最初に声を掛けたのは茜《あかね》だった。

「ありがとうございます」

応える浩美《ひろみ》の笑顔は、余り嬉《うれ》しそうではなかった。

「第一セットが終わった時は楽勝かと思っていたけど。思っていたより一方的な展開にならなかったね」

「…………」

「もしかして苦戦したのが口惜《くや》しかった？」

「いえ、そのようなことは」

茜《あかね》の遠慮が無い質問に、浩美《ひろみ》は淡々と答える。

そんな二人を三高のチームメートはハラハラしながら見ていた。

「でも予想外だったでしょ？」

「そうですね。茜《あかね》さんが試合前に仰《おつしや》ったように、さすがは十文字家《じゆうもんじけ》の一員というところでしょうか」

「……もし手を抜かれたと感じているんだったら、それは違うと思うよ」

浩美《ひろみ》の睫毛《まつげ》がピクッと震えた。

「彼女、クラウド・ボールに、と言うより試合自体に慣れていなかった気がしたな」

「……確かに試合の流れが読めていないようなところは感じました」

「何処《どこ》で力を入れれば良いのか、何時《いつ》無理をすれば良いのか分かっていないんだよ、きっと」

茜《あかね》の推測を、浩美《ひろみ》は否定も肯定もしなかった。

「……すみません。汗を流してきてもよろしいでしょうか」

このセリフは、三年生の部長に対するもの。

ぎこちなく頷《うなず》いた部長に浩美《ひろみ》は「すぐ戻ります」と告げて、すぐ近くにある更衣室に併設されているシャワーブースに向かった。

◇　◇　◇

茉莉花《まりか》が三高のベンチに目を向けたのに、深い意味は無かった。

アリサの試合前は初めての対外試合で緊張しているに違いない彼女を気遣うのに精一杯だっ

たし、試合中はそれだけに意識が集中していた。アリサの試合が終わって、敗北した彼女が大してショックを受けていないと分かって、ようやく茉莉花《まりか》は一息吐《ひといきつ》いた。それで茉莉花《まりか》の中に余所見《よそみ》をする余裕ができたというだけだった。

アリサの対戦相手だった緋色《ひいろ》選手と三高の制服を着た女子が話をしている。茉莉花《まりか》と同じ、応援の生徒だろう。東京圏にある一高と違って三高は気軽に応援に来られる距離ではないから、東京に、もしかしたら魔法大学に何か用事があったついでかもしれない。

緋色《ひいろ》選手はこちらに背を向けているから茉莉花《まりか》にはどういう表情で話しているのか分からないが、応援の女子はあっけらかんとした顔で話している。それ程深刻な話題を取り上げているようには見えない。

話が一段落したのか、緋色《ひいろ》選手がベンチから立ち去る。足を向けた先にはシャワーブースがあるから、汗を流しに行くのだろう。

その後ろ姿を見送っていた応援の女子生徒が、不意に茉莉花《まりか》へ顔を向けた。茉莉花《まりか》の視線を感じ取ったのだろうか。

目が合った瞬間、茉莉花《まりか》は背筋に電気が走る錯覚に見舞われた。その女子の目には殺意も威圧も無かった。茉莉花《まりか》の背筋を走った錯覚の正体は恐怖でも警戒感でもない。

歓喜だ。

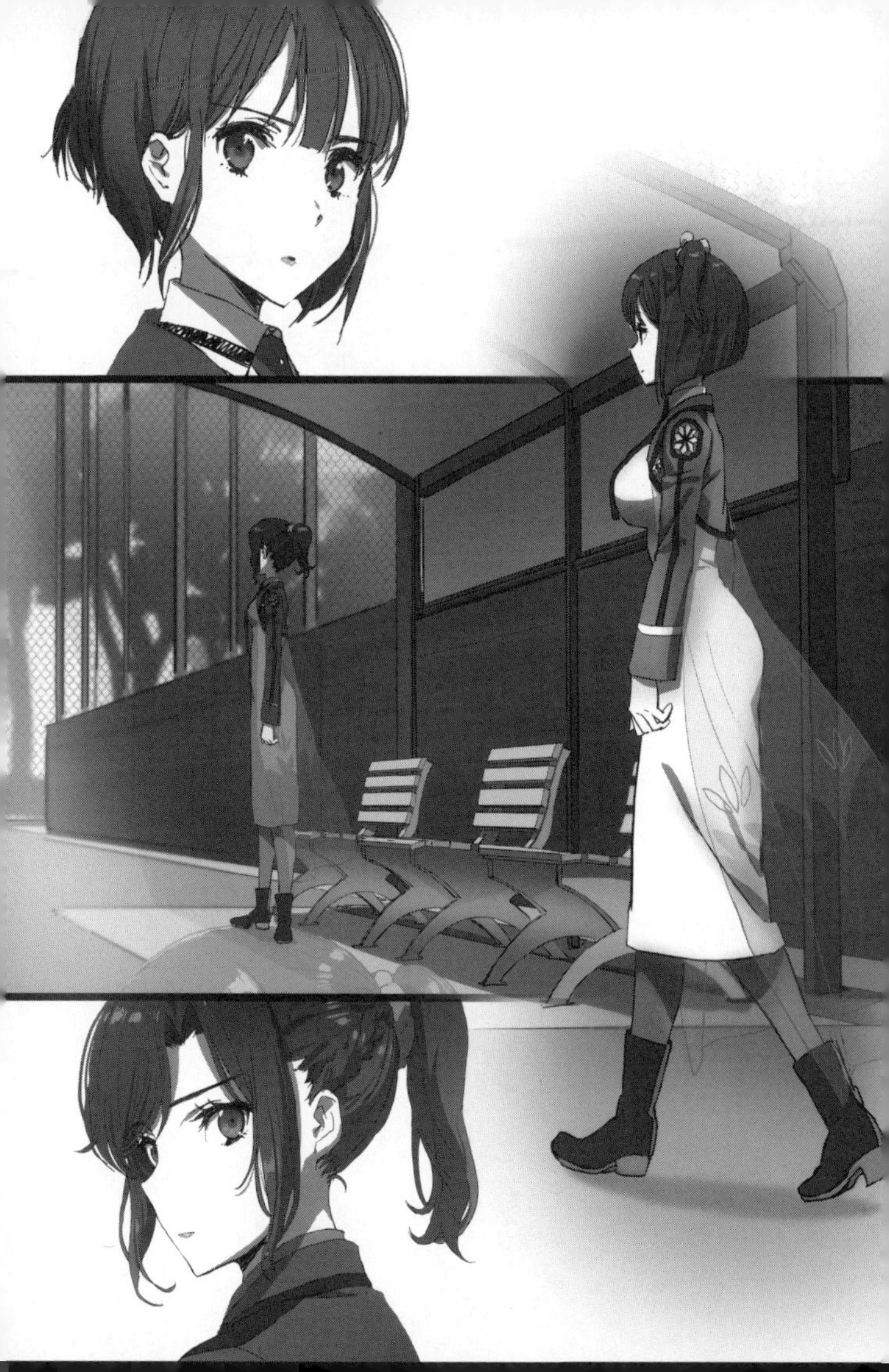

期待感だ。

「ただ者ではない」という予感だ。

その少女は、自分と同じ舞台で戦う人間だと感じた。

その少女は、自分と戦う人間だと直感した。

自分と彼女はいずれマーシャル・マジック・アーツのリングで戦うことになると、茉莉花《まりか》は何の根拠も無しに確信した。

「……ミーナ、どうしたの？　何だか怖い顔になってるよ」

アリサに注意されて、自分が高揚し興奮していたと茉莉花《まりか》は気付いた。

「何でもないよ」

茉莉花《まりか》はアリサに笑顔を向けた。笑顔を作ることで、無意識に高まっていた闘争心を霧散させた。

◇◇◇

「茜《あかね》、どうしたんですか？」

突然楽しそうな笑みを浮かべた茜《あかね》に、劉麗蕾《リウリーレイ》がその理由を訊《たず》ねる。

「思い出し笑いだったら気持ち悪いですよ」

劉麗蕾《リウリーレイ》が大亜連合から日本に亡命したのは二年前の七月。彼女が茜《あかね》と会ったのはその直後だ。

この二人は当初から打ち解けるのが早かった。そしてこの二年で、お互いに遠慮というものが無くなっていた。

「酷《ひど》っ！　キモいは酷《ひど》いよ、レイちゃん！」

「レイちゃん」とは茜《あかね》だけが使っている劉麗蕾《リウリーレイ》の愛称だ。茜《あかね》は劉麗蕾《リウリーレイ》のことを、彼女が亡命してきたばかりの頃からそう呼んでいた。

「キモいなんて言っていませんけど。何時《いつ》の時代の死語ですか、それは」

「確かに古かったね。でも気持ち悪いはないよ。思い出し笑いなんかじゃないんだから」

「じゃあ何です？」

「うん、ちょっと面白そうな子がいてさ」

そう言って茜《あかね》は目の動きで劉麗蕾《リウリーレイ》の視線を誘導した。

「あの一高の応援の生徒ですか。茜《あかね》、知っている子なのですか？」

「多分」

茜《あかね》は一高ベンチの方を見ながら小さく頷《うなず》いた。

「写真でしか見たことないけど、彼女は『北海道《ほっかいどう》チャンプ』の遠上茉莉花《とおかみまりか》だと思う」

「チャンピオン？　マジック・アーツの選手なのですか？」

「そう。……一高に進学してたんだね」

口角が上がった茜《あかね》の顔には「ワクワクが抑えきれない」と書かれていた。

「金沢《かなざわ》に戻ったら一高との試合を組んでもらえるようにお願いしてみようっと……」

◇　◇　◇

第三試合は三高部長のペアが勝利を挙げ、第四試合は初音《はつね》のペアが勝利した。

ここまで二勝二敗の戦績で第五試合、日和《ひより》のシングルスを迎える。

相手は三高の三年生。

試合はリードを奪い合うシーソーゲームの展開で進んだ。

「仙石《せんごく》さん、試合運びが上手《うま》いわね。ゲームを上手《うま》くコントロールしているわ」

第一セットの半ばが過ぎたところで、アリサの隣に座っていた初音《はつね》が感嘆を込めて呟《つぶや》いた。

日和《ひより》の応援をしていたアリサがチラリと初音《はつね》に目を転じる。

その視線を感じた初音《はつね》は、顔をコートに向けたまま無言の問い掛けに答え始めた。

「仙石《せんごく》さんは得点が失点を上回るようにボールを選んでいるわ。あの瞬時の判断力が彼女の武器なのでしょうね」

「打ち込まれたボールを返すだけじゃダメなんですか？」

アリサも試合から目を離さずに問い返す。

「もちろん、全部返せればそれが一番良《い》いわよ。でも失点が避けられないなら、取捨選択が必要になる。どのボールをラケットで返し、どのボールを魔法で返すか。どのボールをダイレクトに返し、それ以外のボールは幾つまでバウンドを許容するか。ある程度の失点を織り込むことで魔法の行使にも余裕ができるの。余裕があれば、効果的に魔法を使える。仙石《せんごく》さんがやっているのは、そういうこと」

「……私にはできないことです。私のプレーって、単なる力押しなんですね……」

「今はまだ、ね。これからよ、十文字《じゅうもんじ》さん。テクニックはこれから学んでいけば良いの。それにね」

初音《はつね》は思わせぶりに言葉を切って、コートに固定していた目をアリサに向けた。

「圧倒的なパワーがテクニックを粉砕することだって少なくないのよ」

初音《はつね》のセリフには、嗾《けしか》けるようなニュアンスが含まれていた。

第五試合は日和《ひより》が勝利を収めた。セットカウント二対〇。第一セットも第二セットも点差は一桁の接戦だった。しかし、終わってみれば日和《ひより》のストレート勝ちだ。

実力で圧倒しているという感じではなかった。こういうところが初音《はつね》の言う「試合運びの上手さ」だろうとアリサは思った。

日和《ひより》が勝ったことで一高の三勝二敗。対抗戦は一高の勝ち越しで幕を閉じた。

最後に全員でもう一度握手を交わす。その際、日和《ひより》は浩美《ひろみ》に話し掛けられた。

「良《い》い試合でした。貴女《あなた》とはいずれ対戦してみたいですね」

アリサは日和《ひより》の隣にいた。だから浩美《ひろみ》のその言葉はアリサにも聞こえていた。

アリサと握手した時には、浩美《ひろみ》は何も言わなかった。アリサに対して特に愛想《あいそ》の無い態度を取ったわけではない。そちらの方が普通だ。機械的に、と言うと言葉が適当ではないかもしれないが、対抗戦を締《し》め括《くく》る形式として行っているだけのものだ。アリサも握手する相手には軽く会釈《えしゃく》するだけで、特に何も言っていない。

だから浩美《ひろみ》と、彼女の言葉に「私もです。機会があれば、是非」と応えた日和《ひより》の会話はアリサの意識に引っ掛かって、中々消えなかった。

アリサは自分が感じているものが一種の嫉妬だと、気付いていなかった。

◇◇◇

クラウド・ボールの試合時間は短い。一試合フルセットで戦っても、インターバルを含めて十一分。準備時間を考慮しても一試合十五分以内で終わる。相手校との挨拶や着替えなど諸々を済ませても、まだ正午になっていなかった。

アリサたち一高チームは、応援に来ていた茉莉花《まりか》他数名を伴って大学近くのレストランで昼食を共にした。三高の生徒は、一緒ではない。彼女たちは三高ＯＧの魔法大学生に招待されて（呼び出されて？）いた。

同じ東京にある一高に比べて他の付属高校はＯＢ・ＯＧの結束が強い傾向にある。面倒見が良《い》い、と表現する方が適切だろうか。食事会や飲み会の頻度が一高卒業生に比べて明らかに高い。

中でも三高はその傾向が特に強い。アリサたち一年生は知らなかったが、三高生がこうして魔法大学を訪れるとＯＢ・ＯＧから決まって声が掛かるので、対抗戦の後の懇親会などは最初から予定されないのだそうだ。

ランチを終えると、現地解散だ。アリサは真《ま》っ直《す》ぐ家に帰るのではなく、茉莉花《まりか》のマンションを訪れた。試合の後、明《めい》の家で実技試験の対策をするという案もあったが、アリサにその活力が残っていなかった。

そして茉莉花《まりか》の中には一人で、あるいは明《めい》と二人で特訓するという選択肢は最初から無い。月初、明《めい》に「アーシャがダメだったらあたしだけでもお願いできる？」と訊《たず》ねた茉莉花《まりか》だが、それを実行に移すかどうかは話が別だったのだ。

彼女が試験対策を頑張っているのはアリサと一緒のクラスになりたいから、アリサと一緒に過ごす時間がもっと欲しいからで、せっかくの休日にアリサと別行動を取るのは茉莉花《まりか》にしてみれば本末転倒なのだった。

「まだお腹《なか》は空いてないよね。飲み物だけで良《い》い？」

ダイニングの椅子に腰を下ろしたアリサに、テーブルの向かい側から茉莉花《まりか》が訊《たず》ねた。

「……それよりお風呂《ふろ》を貸してもらえないかな」

試合時間こそ短かったが集中して運動した所為《せい》で結構汗をかいた。だからアリサは、しっかり身体《からだ》を洗ってすっきりしたかったのだ。魔法大学でシャワーブースを借りてはいるが、時間の関係があって軽く流しただけだった。

ただ、いきなり「入浴したい」というのは幾ら二人の仲でもさすがに躊躇《ためら》われたようで、リクエストの声は随分遠慮がちだった。

「もちろん良《い》いよ」

茉莉花《まりか》はアリサの要望に快く頷《うなず》いた。「そんなに遠慮しなくて良いのに」と思いながら。彼女にしてみれば「貸してもらえないかな」は少々他人行儀だ。自分たちの仲なら「貸して」だけで良《い》いのにと、軽い不満すら覚えていた。

「お湯張りしようか？」

快諾した上でのお節介は、この不満が反映したものだろう。茉莉花《まりか》はシャワーだけでなく、湯船に浸《つ》かってはどうかとアリサに勧めた。

「そうね……。じゃあ、お願いします」

茉莉花《まりか》の「水臭いぞ」という気持ちが伝わったのか、アリサはもう遠慮していなかった。

丁寧に身体《からだ》を洗ったアリサが湯船の中で寛《くつろ》いでいると、いきなり浴室のドアが開いた。

アリサは反射的に、小さな悲鳴を漏らす。

「えへっ、お邪魔しまーす」

「ミーナ……、びっくりさせないで」

入ってきたのは茉莉花《まりか》だ。それ以外の人間である可能性はゼロに近かったとはいえ、実際に目で確認することでアリサは安堵《あんど》の息を吐いた。

「ゴメンゴメン」

軽い口調で謝りながら、茉莉花《まりか》はシャワーヘッドを手に取った。一通り汗と汚れを落として湯船に足を入れる。――今世紀初めから普及が始まったマイクロナノバブル浴用設備は世紀末の現在、激しい汚れでなければボディソープを必要としないレベルにまで性能を向上させている。

だからシャワーを使っただけで浴槽に入っても手抜きではない。ただ――。

「……ミーナ、狭いよ」

ワンルーム用のバスタブは、二人で入るには少々狭かった。横並びでお湯に浸《つ》かった二人はほとんど、と言うより完全に密着状態だった。

「そうかな？」

しかし茉莉花《まりか》は全く気にならないようだ。

「あたしはこうして、アーシャの温《ぬく》もりを感じているの好きよ」

「体温より高い四十度のお湯に浸《つ》かっていて温《ぬく》もりも何もないでしょう。それに私よりミーナの方が体温は高いじゃない」

うっとりとした表情で自分の肌を押し付けてくる茉莉花《まりか》に、アリサは呆《あき》れ顔《がお》だ。

このアリサの素っ気ない態度にも、茉莉花《まりか》はめげなかった。

「こうして肌を合わせていると気持ちよくならない？」

「……その言い方、何だかいやらしくてイヤ」

「ええっ？」

しかし今回の冷淡なセリフはこたえたようで、茉莉花《まりか》は大袈裟《おおげさ》な悲鳴を上げた。

「アーシャ、冷たい……」

「私、もう上がるね」

アリサは茉莉花《まりか》の態《わざ》とらしい嘆き節を相手にせず、言葉どおり立ち上がった。

脱衣所の鏡の前で、バスタオルを身体《からだ》に巻いただけのアリサが髪を乾かすべくコードレスドライヤーを手に取る。もっとグレードの高いマンションなら自動で髪を乾かしてくれる設備も付いているのだが、それが無い家だと二十一世紀末の現在も相変わらずドライヤーという道具が使われている。無論、ドライヤー自体の性能は大きく進歩していた。

アリサがドライヤーを使い始めて三分も経《た》たぬ内に、茉莉花《まりか》が浴室から出てくる。

「もう上がったの？　ちゃんと温まってる？」

アリサは鏡に目を向けたまま、そこに映る茉莉花《まりか》の鏡像に向かって話し掛けた。

「あたしがやってあげる」

背後から返ってきたのは、アリサの問い掛けに対する答えではなかった。

髪を濡《ぬ》らしていない茉莉花《まりか》が、アリサの手からドライヤーを半ば強引に受け取る。そして脱衣所からアリサを連れ出した。

ダイニングの椅子にアリサが座った。

その背後に立った茉莉花《まりか》が、アリサの髪にドライヤーを当てる。

なお、二人ともまだ服を着ていない。その裸身を隠す物は、バスタオル一枚だけだ。

「ねぇ、アーシャ」

「んっ、何《なあに》？」

ドライヤーはヘアケアの面だけでなく静音性も上がっている。モーターとファンの音でお互いの声がかき消されることはなかった。

「今日はお疲れ様」

茉莉花《まりか》が唐突にアリサを労《ねぎら》う。その声は、とても優しかった。

「どうしたの、いきなり？」

そのセリフではなくその声音に面食らったアリサは、意識的な軽い口調で問いを返す。もっともそれは質問として意味をなしておらず、単なる照れ隠しに近かった。

「試合が苦手なのに、最後までよく頑張ったね」

「……うん」

だが今度は、誤魔化せなかった。

「勝ちたいと思えないのに最後までベストを尽くしたのは偉いと思う」

「私、ベストを尽くせたかな……？」

不安げに、アリサが訊《たず》ねる。

「アーシャは全力で戦っていたよ」

茉莉花《まりか》は優しく、きっぱりと、アリサを肯定した。

「そっか。良かった……」

アリサの肩から、自覚が無かった力みが抜ける。

アリサにとっての試合が、この瞬間にようやく終わった。

［5］ライバルの予感

アリサが初めての試合を経験した翌日の月曜日。一年A組の教室に登校したアリサは、試合に関する質問を全く浴びせられなかった。

ライバル校との対抗戦とはいえ非公式の練習試合、しかも今やマイナーなクラウド・ボールだ。試合が行われたことを知らない生徒の方が多かった。

「おはよう、十文字《じゅうもんじ》さん」

「おはよう、火狩《かがり》君」

だが隣の席の浄偉《じょうい》は、アリサが試合に出たことを知っていた。試合前日に「応援に行く」と言ったくらいだ。それはアリサに断られたが。

しかし浄偉《じょうい》はこの日、昨日の試合には触れなかった。

同じく昨日の試合のことを事前に知っていた明《めい》も、話題に出さなかった。

二人とも気を遣っている風ではなかったが、アリサが負けたのを知っていて避けたのかもしれない。

◇　◇　◇

もっとも、アリサの敗戦に誰一人触れなかったわけではなかった。

放課後、アリサが教室を出て図書館に向かう途中の階段で、彼女は背後から「十文字《じゅうもんじ》さん」と名前を呼ばれた。

「誘酔《いざよい》先輩」

まるでアリサが一人になる瞬間を狙っていたように話し掛けたのは早馬《そうま》だった。

「図書館に行くの？」

「はい。先輩もですか？」

「いや、僕はちょっと先生に呼ばれて」

「そうですか」

誰に何故《なぜ》呼ばれたのか、アリサは訊《たず》ねなかった。薄情かもしれないが彼女は早馬《そうま》に対してそこまで関心が無い。

だからといって「では、これで」と去ってしまうのも感じが悪いように思われた。それにここは二階と一階の間の階段、一種の一本道だ。アリサは早馬《そうま》と肩を並べたままだったのは消極的な選択の結果でしかない。

　そういうわけだから、会話を再開したのは早馬《そうま》の方からだった。

「昨日は惜しかったね」

「御覧になっていたんですか？」

　アリサが驚きを隠せていない声で問い返す。彼女は昨日、魔法大学で早馬《そうま》の姿を見掛けた記憶が無かった。

「時間が取れなくて、最後のセットだけ。十文字《じゅうもんじ》さんはプレー中だったし、君の試合が終わったらすぐにその場を離れたから気が付かなかったんじゃないかな」

「そうだったんですか。態々《わざわざ》ありがとうございます。せっかく応援していただいたのに見苦しい試合を見せてしまって済みません」

「そんなことないよ。途中で魔法をシンプルなものに切り替えた判断は素晴らしかった」

　早馬《そうま》に見られていたことよりもこの指摘に、アリサはより大きな驚きを覚えた。そして自分の工夫に気付いてもらえたことが、意想外に嬉《うれ》しかった。

「……ありがとうございます」

「どういたしまして。クラウド・ボールは十文字《じゅうもんじ》さんに合っているみたいだね」

　今度の言葉には、素直に喜べなかった。

「そうでしょうか？」

「クラウド・ボールは攻撃に魔法を使わないから。魔法技能を鍛える上で専守防衛の十文字《じゅうもんじ》さんにはぴったりだと思うよ」

「専守防衛……」

その言い回しがおかしかったのか、アリサがクスッと笑う。

「私が攻撃に魔法を使えないこと、ご存じなんですね」

「良《い》いんじゃないかな。誰も彼もが勇者である必要はないよ。パーティにはヒーラーも必要だしね」

「パーティ？　ヒーラー？」

「RPGには詳しくない？」

「やったことはありませんけど、知識だけなら少しは……。誘酔《いざよい》先輩、ゲームがお好きなんですか？」

「まあね。じゃあまた」

一階に到着して、早馬《そうま》は教職員室に続く廊下へ足を向ける。

「あっ、はい。失礼します」

図書館へ行くにはいったん外に出る必要がある為《ため》、アリサは昇降口に向かった。

◇　◇　◇

放課後の第二小体育館。通称「闘技場」。月曜日の今日はマジック・アーツ部と剣術部の練習日になっている。二つのクラブで分け合うには十分な広さとは言えないが、そこは両クラブ共もう慣れたものだ。お互いに工夫しながらやっている。

「遠上《とおかみ》、今日は一段と気合いが入っているな」

ダミー相手にパンチとキックのコンビネーションを叩《たた》き込んでいた茉莉花《まりか》に声を掛けたのは女子部部長の北畑《きたはた》千香《ちか》。今日はいつもの雄々しい彼女だ。

「ああ、手を止めなくても良いぞ」

振り向いて応えようとした茉莉花《まりか》を千香《ちか》が制止する。

「いえ」

しかし茉莉花《まりか》はダミーを打つのを止めて振り返った。

「ちょうど良《い》い時間ですから」

茉莉花《まりか》の言葉が真であることを証明するように、ダミー人形の頭上に設置されたタイマーはゼロを表示していた。

「そうか。遠上《とおかみ》、土日に何かあったのか？」

千香《ちか》の目から見て、金曜日の練習の時とは茉莉花《まりか》の気合いの入り方が違っている。何か切っ掛けがあったと考えるのが自然な程だった。

「昨日、クラウド・ボール部の応援に行ったんです」

「ああ。三高との対抗戦だったな」

このセリフから分かるように、千香《ちか》は昨日の対抗戦のことを知っていた。

「そこで面白そうな子を見掛けまして」

「見掛けた？　話はしなかったのか？」

「はい。三高の応援に来ていた女子で、話し掛ける機会はありませんでした」

「ほぅ、どんなやつだ」

千香《ちか》が興味深げに訊《たず》ねる。

「そうですね……。ちょっと黒板を借ります」

茉莉花《まりか》が壁際《かべぎわ》に置かれた電子黒板へと歩み寄る。カラーの電子インクを使った大型ディスプレイだ。

彼女は電子ペンを手に取ると、電子黒板に似顔絵を描き始めた。

千香《ちか》が別の意味で「ほぅ」と感嘆を漏らす。黒単色の線画だが、驚くほど写実的で上手《うま》く、手が速い。似顔絵画家としてもやって行けそうだ。茉莉花《まりか》の意外な才能がアリサ以外に対しても明らかになった瞬間だった。

「……こんな子でしたけど」

描き上がった似顔絵を見て、千香《ちか》はそれが誰だかすぐに分かった。

「一条茜《いちじょうあかね》じゃないか」

「ご存じなんですか？」

「むしろ何で知らないんだ？」

千香《ちか》が不思議そうに問い返す。

「十師族《じゅっしぞく》・一条家《いちじょうけ》の長女で去年のマジック・アーツ中部州大会女子部ベストフォー」

「去年ってことは、まだ中学生ですよね？」

「ああ。『女子マジック・アーツ界の超新星』ってマジック・アーツの界隈《かいわい》じゃ話題になってたぞ」

千香《ちか》の呆《あき》れ顔《がお》に、茉莉花《まりか》は少しばつが悪そうな表情になった。

「去年は受験勉強が大変で……。自分に関係の無い地区の記事まで目を通している時間が無くてですね」

「なる程。そういうこともあるかもしれんな」

幸い、千香《ちか》はそれを聞いて呆《あき》れもしなければ馬鹿にしたりもしなかった。

「まあそういう訳で、遠上《とおかみ》の直観は間違っていないぞ。満点は『面白そう』じゃなくて『とても面白い』だけどな」

ただそう言って千香《ちか》が浮かべた笑みは、少し意地が悪いものだった。

「……採点が厳しすぎませんか？」

「相手の力量を見極める洞察力は大事だぞ」

「遠目に見ただけですよ」

「ただ者じゃないと分かる程度の距離だったのだろう？」

茉莉花《まりか》が「うっ」と言葉に詰まる。

千香《ちか》はニヤニヤと楽しそうに笑っている。

「一条茜《いちじょうあかね》の試合なら録画したのを持っている。見たいか？」

「お願いします！」

茉莉花《まりか》の返事は即答だった。

その食い付きの良さに千香《ちか》は「クスッ」と、それまでとは違う種類の笑みを漏らした。

「どうせなら明日、部室で希望者を集めて見ることにするか」

「分かりました！　一年にはあたしが声を掛けておきます」

「慌てるな。練習後のミーティングで話をすれば良い」

「あっ、そうですね、アハハ……」

先走りがさすがに恥ずかしかったのか、茉莉花《まりか》は誤魔化し笑いを浮かべている。

「そんなに楽しみなのか？」

だがあいにく、千香《ちか》はそれほど簡単な相手ではなかった。

「練習に戻ります！」

茉莉花《まりか》はここで徹底抗戦などという愚かな真似《まね》はせず、転進を選択した。

◇　◇　◇

放課後、アリサは図書館に向かった。茉莉花《まりか》の部活が終わるまでの自習が目的だ。先月、茉《ま》莉花《りか》がマジック・アーツ部に入りアリサがクラウド・ボール部に入部してから、二人の下校時間が合わない月曜日はアリサが教室か図書館で待っているのが恒例になっていた。

図書館は大きく分けて閲覧室と自習室に分かれている。前世紀の図書館を象徴する物、開架式の書棚もそこをいっぱいに占める書籍も無い。地下書庫所蔵分を除き本は全てデータ化され、専用の端末で閲覧する形式になっている。

閲覧室の中には魔法大学が所蔵する貴重な本や論文集を読める部屋もある。ただこの部屋の利用には特別の許可が必要で、生徒が利用することはほとんど無い。

一方自習室は、早い者勝ちではあるが生徒は誰でも利用できる。部屋の作りも前世紀の学校図書館に設けられていた物と余り差が無い。

早い者勝ちといっても自習室の席が埋まってしまうことはほとんど無い。埋まるのは実習室と実験室の方だ。一般科目にしろ専門科目にしろ教室には自分専用の端末があるのだから、タブレット型端末やノート型端末などの情報機器の貸し出し手続きが必要になる図書館の自習室は余り人気が無いのである。

アリサが図書館の自習室を利用するのは、そちらの方が集中できるからではない。勉強に飽きたらすぐ本を読みに行けるという後ろ向きの理由だった。元々茉莉花《まりか》を待つ時間を消費することが第一目的だ。要は、暇潰しである。

カウンターでノート型端末を借りて自習室に入り、アリサは空席を求めて室内を見回した。そこで最近知り合ったばかりの男子と偶々《たまたま》目が合う。彼女に気が付いた印に小さく手を上げた男子の隣に、アリサは座ることにした。

「こんにちは、唐橘《からたちばな》君。隣、良《い》い？」

役《まもる》の隣の席を選んだのに、それほど深い意味は無い。単に、目が合ったからだ。お互いの存在を認識していながら離れた席を選ぶのは、無愛想で失礼だとアリサは感じたのだった。

「もちろん」

形式的な断りを入れたアリサに、役《まもる》は笑顔で応える。まあ相手がアリサなら、役《まもる》でなくても笑顔になるに違いない。

「唐橘《からたちばな》君、図書館にはよく来るの？」

ちょうど一週間前にこの自習室で会ったのも偶然だった。もしかしたらそれ以前も自分が気付いていなかっただけかもしれない。アリサはそう思って役《まもる》に訊《たず》ねた。彼が自分を待っていたなどという勘違いをアリサは一瞬たりとも懐《いだ》かなかった。

「うん。昔から図書館の雰囲気が好きなんだ。僕の地元にはまだ本が並んでいる図書館があってね」

「本って、紙の本？」

アリサの問い掛けには小さくない驚きが込められていた。

「うん、そう。紙の臭いが何とも言えず落ち着いた気分にさせてくれた。学校の図書館にはあの臭いがないのが残念だけど。それでも何となく、同質の空気を感じられる気がして」

「そうなんだ……。ご実家は遠いの？」

今時、紙の本を収めた開架式の書棚を持つ図書館は珍しい。アリサの質問はこの好奇心から来たもので、役《まもる》のプライベートに興味を持ったからではなかった。

「遠いと言えば遠いかな……。足利市《あしかが》なんだ」

だが、答える役《まもる》は少し照れ臭そうだ。意識しているかしていないかは別にして、彼は確実に少し勘違いしていた。

「十文字《じゅうもんじ》さんもここには良く来るの？」

役《まもる》がいきなり話題を変えたのは、これ以上妙な気分になりたくないからだった。

「私？　私は月曜日だけかな」

一方のアリサは、役《まもる》のそんな心情に気付いている様子は無い。

「月曜日は友達が部活だから。それが終わるのを待っているの」

「友達って、遠上《とおかみ》さん？」

「唐橘《からたちばな》君、ミーナを知っているの？」

役《まもる》が茉莉花《まりか》のことを知っているのが、アリサには意外だった。役《まもる》は部活をしていない。スポーツマンというタイプではないし、格闘技には余計に縁遠い印象の少年だ。

「ミーナって、遠上《とおかみ》さんのこと？　だったら知っているよ。今年の一年生から唯一、と言うか二人だけ風紀委員会に選ばれたコンビだし、十文字《じゅうもんじ》さんと遠上《とおかみ》さんはそれでなくても目立つからね」

「目立つって、何が？」

風紀委員だから知っていた、というのはアリサも納得できる話だ。

しかしこの点はピンと来なかった。

「えっ、そりゃあ……」

「それは？」

言い難《にく》そうに口ごもる役《まもる》に、アリサが質問を重ねる。別に問い詰めなければならない程アリサも気になっていたわけではない。この問い掛けは「何となく」だった。実は初対面の時にもアリサは役《まもる》に似たような質問をして彼を困らせたのだが、彼女はそのことを忘れていた。

「…………」

「…………」

目を泳がせる役《まもる》を、アリサはじっと見詰める。

アリサにそんなつもりはなかったのだが、美少女の視線は大抵の少年にとってプレッシャーになるものだ。

「その……、十文字《じゅうもんじ》さんはきれいだし遠上《とおかみ》さんは可愛《かわい》いから……」

役《まもる》は赤くなりながら、観念したように白状した。

彼にとって幸いだったのは、アリサはここで悪乗りするような性格ではなかったことだろう。

「あっ……その、ゴメン」

アリサは気まずそうに謝罪した。

「それと……ありがとう」

しかし目を逸《そ》らしながら恥ずかしげにそんなことを言うものだから、役《まもる》は結局、大ダメージを免《まぬが》れられなかった。

その結果、アリサまで気まずくなってしまう。

「ところで唐橘《からたちばな》君、何の勉強をしてたの？」

そして少し甘酸《あまず》っぱいけれども居心地の悪い空気を何とか払拭《ふっしょく》しようと、アリサはこの場で最もありがちな質問を今更のように口にした。

「あっ、えっと、公民の課題をやってた」

魔法の使用は法令で厳しく制限されている。その為《ため》、魔法科高校では一般の高校に比べて地理や歴史よりも公民、その中でも特に法律分野の教育が重視されていた。魔法行使に関連した法令教育は一般科目でありながら魔法科高校の専門科目という性格も帯びている。

「来週提出期限の？」

今日は五月二十五日。明後日には今月の実技テストがある。今更実技に備えてバタバタしても仕方が無いとアリサは割り切っていたが、それでも来週の月曜日が提出期限の課題を実技テスト直前に進める気にはなっていなかった。——役《まもる》の答えを聞くまでは。

「……教えてもらって良い？」

アリサは、一般教科の中では理系科目の方が得意だった。特に化学と生物学が得意だ。魔法が無い世界であれば「理系女子」と呼ばれていたかもしれない。

その分、文系科目には苦手意識がある。暗記ものは得意なのだが、難解な文章には尻込みしてしまう。法令関係の小論文課題はアリサにとって苦手中の苦手だった。

ちなみに茉莉花《まりか》はもっと苦手意識が酷《ひど》い。二人ともこの課題を後回しにしているのは実技テストだけが理由ではなかった。

「僕もそんなに自信があるわけじゃないんだけど……。一緒にやろうか」

「うん、よろしく」

無意識に視線でプレッシャーを掛けていたアリサが、ホッとした表情で頷《うなず》いた。

ただ「ホッとした」という点では、美少女が発するプレッシャーから逃れられた役《まもる》の方が大きかったに違いない。

◇　◇　◇

図書館で待っていると、茉莉花《まりか》はアリサからメールで連絡を受けていた。だからマジック・アーツ部の練習が終わったらすぐに図書館へ向かうべきであり、先週までならばそうしていたのだが、今週だけは寄り道をしていた。

行き先は実験棟三階にある幾何学準備室。

訪ねる相手は一年B組実技担当教師の紀藤友彦《きとうともひこ》だ。

「失礼します。一―Bの遠上《とおかみ》です」

「入りなさい」

茉莉花《まりか》は許可が下りてから扉を開けた。入る前に室内を素早く見回す。紀藤《きとう》以外の人影が無いことに茉莉花《まりか》は一安心して中に足を踏み入れる。

「先生、明後日《あさって》の実技試験の範囲に関わることですが、質問してもよろしいでしょうか」

茉莉花《まりか》が再び幾何学準備室を訪れたのは、紀藤《きとう》と二人きりで会いたかったから――ではない。

彼女は目前に迫る月例実技試験で何としても高得点を取りたかった。具体的には学年上位二十五番以内。一クラス二十五人だから、二十五番以内ならA組に入《はい》れる。そうすればアリサと同じクラスになれる——。

要するに茉莉花《まりか》は、アリサのクラスメートになりたくて一所懸命なのだった。

「そんなに堅くならなくても良い。君の言うように試験の直前だから実技指導はできないが、口頭での質問ならば何時《いつ》でも構わない」

「ありがとうございます。実は、振動数制御の理屈がどうしてもよく分からなくて。振り子の揺れる周期は元々一定ですよね？　それなのにどうして振幅を維持するプロセスが必要なんですか？」

紀藤《きとう》のお許しが出たからか、茉莉花《まりか》の口調は丁寧さを保ちながらも少し砕けたものになった。

「それは魔法学ではなく物理学や数学の範疇《はんちゅう》の理屈だな。まず等時性が維持される振り子の条件だが……」

紀藤《きとう》が電子黒板に図を描きながら説明する。手で描くのではなく全てプログラムで描画されたCGで。紀藤《きとう》の口調は堅いが、説明は丁寧だ。しかし茉莉花《まりか》は中々理解できない。

無理もない。現在の中学校ではここまで詳しく学ばす、高校の物理学の標準的な進行では時期的にまだ先のカリキュラムだ。多分疑問を懐《いだ》かない、疑問に気付かない生徒の方が今の段階では多いに違いない。「何故《なぜ》」と思った分だけ、茉莉花《まりか》は理解が深いと言える。

それでも十分ほど紀藤《きとう》が熱心に教えた結果、茉莉花《まりか》は一つの結論に達した。

「つまり実技で使うような、ただ吊《つる》しているだけの振り子は振り幅が凄《すご》く小さくならない限り周期が一定にならないということですね」

「そうだ。今はそれが納得できれば良い」

「はい。理屈は分かったような分からないようなですけど、起動式に振幅維持のプロセスが組み込まれている必要性は理解しました。これで余計な迷いを持たずに魔法を使えそうです」

茉莉花《まりか》の言葉に、紀藤《きとう》は満足げに頷《うなず》いた。

「数学の教師としては理屈をしっかり理解してもらいたいところだが、魔法実技の観点からはそれで良《い》い。疑いは魔法の障碍《しょうがい》になる。だから、納得して魔法を使うことは大切だ」

「はい。ありがとうございました。失礼します」

茉莉花《まりか》はすっきりした表情で紀藤《きとう》に頭を下げて、幾何学準備室を後にした。

茉莉花《まりか》がいなくなった数分後。幾何学準備室で帰る準備をしていた紀藤《きとう》の端末に着信があった。彼は準備室の扉が閉まっているのを確認した上で、自分の周りに遮音フィールドを展開した後、受信ボタンを押した。

「……そうだ。質問に来たのは遠上《とおかみ》で間違いない。……御前《ごぜん》のご指示が無くても教師である以上、生徒の向学心には応える義務がある。……心配するな。それなりに信頼を得ている手応えがある。君の方こそどうなんだ。……いや、女子生徒が皆、恋愛に焦がれているわけではないだろう。特定の男子と親しくなったからといって、それが障碍《しょうがい》になるとは限らない。むしろ焦《あせ》りすぎる方が危険だ。……ああ、詳しい話はまた」

通信を終えて、紀藤《きとう》は遮音フィールドを解除し帰る準備を再開した。

◇　◇　◇

ちょうど実験棟を出たタイミングで、茉莉花《まりか》の端末に着信があった。アリサからのメッセージだ。図書館のロビーで待っているという内容だった。

(やばい。待たせちゃったかな)

茉莉花《まりか》は走り出した。途中で図書館から出てきた男子生徒にすれ違ったが、それが誰だか彼女には気にしている余裕が無かった。

「ごめん、待った⁉」

茉莉花《まりか》がそう言ったのと、アリサがベンチから立ち上がったのはほぼ同時だった。

「そんなに待ってないよ。ゴメンね、急がせちゃって。自習室が閉まる時間だったものだから」

「えっ、もうそんな時間!?」

茉莉花《まりか》が慌てて時計を見る。確かにもう、閉門ギリギリの時間だった。

「本当《ホント》、ゴメン」

「良《い》いって。それより早く帰ろ？」

「うん」

アリサと茉莉花《まりか》がどちらからともなく手をつなぐ。それは二人にとって自然なことだった。

また、幸いほとんどの生徒は下校済みで二人に奇異の目を向ける者もいない。二人はそのまま校門を出て駅に向かった。

「クラブ、そんなに長引いたの？」

その途中でアリサが茉莉花《まりか》に訊《たず》ねる。決して咎《とが》める口調ではない。マジック・アーツ部の練習がここまで長引くことはこれまでになかったので、単純に疑問を覚えただけだった。

「えっ、う、うん」

「……何をそんなに慌てているの？」

「あ、慌ててなんかないよ。えっと、実は……先生のところに質問しに行ってたんだ」

「先生って、B組担任の紀藤《きとう》先生？」

「うん」

茉莉花《まりか》は何だか観念したような表情で頷《うなず》いている。

何故《なぜ》そんな顔をしているのだろう、とアリサは思った。まるで何か、後ろめたいことがあるみたいだ……。

だがアリサはその疑問を茉莉花《まりか》にぶつけられなかった。

「何で急に？　明日とかだったら私も一緒に行ってあげたのに」

アリサが訊《たず》ねたのは別のことだった。

「えっ？」

だがその質問に、茉莉花《まりか》は予想外の動揺を見せた。

「あ、あれっ？　あはは……何でだろう？」

「私に訊《き》かれても」

呆《あき》れ声でアリサが返す。

（先生と二人きりで会いたかったとか……まさかね）

アリサは脳裏を過《よぎ》った疑惑を心の中で笑い飛ばした。

◇　◇　◇

夕食と入浴を終わらせたアリサが自分の部屋で勉強をしていると、ヴィジホンの着信コールが鳴った。発信人は茉莉花《まりか》だ。

アリサは迷わず受信ボタンを押した。

「どうしたの？　何か忘れてた？」

そしてモニターに登場した茉莉花《まりか》にこう訊《たず》ねる。

『ううん、何となく。忙しかった？』

「大丈夫。勉強していただけだから」

学生の本分を考えればそれは間違いなく「忙しい」最中に該当するのだが、アリサの答えに本人も茉莉花《まりか》も疑問を覚えなかった。

「そういえば紀藤《きとう》先生に何を訊《き》きに行ったの？　実技試験の内容ならもう貼り出されているよね」

貼り出されていると言っても校舎内に物理的な掲示板があるわけではない。生徒用のサイトに掲載されているのを慣用的に「貼り出されている」と言っているだけだ。

「先生に『静止』の成果を見せに行ったとか？」

茉莉花《まりか》が移動系魔法の実技課題になっている『静止』の指導を紀藤《きとう》から受けた件を、アリサは本人の口から聞いていた。

『まさか』

モニターの中の茉莉花《まりか》が顔の前で両手の掌《てのひら》を小さく左右に振る。

『こんな直前に実技指導はしてもらえないって』

「それもそうか」

『先生にも釘《くぎ》を刺されたよ。質問には答えられるけど、個人指導はできないって』

おかしな言葉ではないにも拘《かか》わらず「個人指導」というフレーズにアリサは引っ掛かりを覚えた。だがその言葉の何に引っ掛かったのか追及すると自爆しそうな予感がしたので、この場では口にしない。

『振動数制御の術式に振幅維持のプロセスが組み込まれている理由を説明してもらったんだ』

「単純な振り子は揺れ幅が変わると揺れの周期が変わるからじゃない？」

何が疑問なんだろう、という表情でアリサが小首を傾《かし》げる。

『むかっ』

茉莉花《まりか》が態々《わざわざ》擬態語を発声して頬を膨らませた。

「何で⁉」

いきなりの膨《ふく》れっ面《つら》の理由が分からず、アリサは焦《あせ》りを見せる。

『とにかく、それを訊《き》きに行ったの！』

「そ、そう。……それで、解決したの？」

『色々説明してもらったけど、理論はあんまり良く理解できなかった。ただ振幅維持のプロセスが本当に必要だってことは納得できたよ』

「それで良《い》いんじゃないかな。魔法を使うだけなら、物理学的な細かい理屈は必要ないから」

『紀藤《きとう》先生も同じことを言ってた』

茉莉花《まりか》は何故《なぜ》か得意げな笑顔だ。

（ミーナったら、紀藤《きとう》先生に随分懐《なつ》いているんだね……）

アリサは心の中で呆《あき》れ声を漏らす。茉莉花《まりか》の教師に対するスタンスは中学一年の頃のものまでしか、アリサは知らない。その範囲の話だが、昔の茉莉花《まりか》は教師に対する好き嫌いを示さなかった子だ。友人たちに合わせて「嫌な教師」に関する愚痴をこぼすことはあったが、彼女個人としては特に反抗的な態度を取ることも、馴《な》れ馴《な》れしい態度を取ることもなかった。

（私が上京した後、何かスタンスが変わるようなことがあったのかな？）

もし教師全般に対する態度が変わったのなら、心配する程のことではない。

（それとも、紀藤《きとう》先生だけ特別？）

しかし特定の教師に対する好意だったとすれば、それは大いに問題だ。

（……まさかね）

『アーシャ、どうしたの？』

「理論を理解しなくて良いなんて、先生としては問題発言だって思ってたの」

アリサは冗談で自分の懸念《けねん》を誤魔化した。

『あはっ、そうだね』

幸い茉莉花《まりか》は、アリサの懐《いだ》いた邪推には気付かなかった。

『アーシャは何してたの？』

「放課後？」

『うん、図書館で』

「公民の課題をやってたよ」

『法律のあれ？』

茉莉花《まりか》の質問にアリサは首肯で答える。彼女は自分が少しホッとしていたことに——「誰と？」と訊《き》かれなかったことに安堵《あんど》した自分に、気付いていなかった。

『うえっ、あれか……。あたし、まだ全然手を付けてないんだ』

「大丈夫だよ。やってみたらそんなでもなかったし」

『うーっ……。実技試験が終わったら教えてもらって良い？』

モニターの中で器用に上目遣いをして見せる茉莉花《まりか》。

こんな顔をされると、アリサはついつい彼女を甘やかしたくなってしまう。

「良《い》いよ。私も最後まで全部終わらせたわけじゃないから、一緒にやろうか」

『やった！』

画面の中で茉莉花《まりか》が「万歳《バンザーイ》」とばかり両手を挙げる。

『何時《いつ》にする？　提出は月曜日だから、日曜？　それとも一日余裕を見て土曜にしようか？』

「その前に水曜日の実技試験があるよ。明日は部活、自主トレでしょ。一緒に対策、する？」

茉莉花《まりか》の微笑《ほほえ》ましい反応に笑みをこぼしながら、アリサは明日の試験対策を提案した。

『ゴメン、明日の放課後は部のミーティングがあるんだ』

しかし茉莉花《まりか》に断られてしまう。

「そんなこと言ってたっけ……?」

『今日、急に決まったことなの』

実技テストは全学年一斉に行うものではない。今月、一年は二十七日の水曜日だが、二年は二十八日、三年は二十九日だ。クラス分けの発表も、各試験日の翌日朝に行われる。

しかし一年生だけとはいえ、翌日に試験を控えて臨時のミーティングなどを入れるだろうか? アリサはそう思った。

『多分すぐに終わるから、それからで良かったら……』

茉莉花《まりか》の後ろめたそうな顔は、自分に責められていると勘違いしているからだろう。アリサはそう考えて、なるべく明るい笑顔を作った。

「それからで良《い》いよ。明《めい》には私からお願いしておくね」

『うん、よろしくっ!』

アリサの笑顔は狙いどおりの効果があったようだ。

茉莉花《まりか》は懸念《けねん》から解き放たれた表情で元気よく応えた。

◇◇◇

二十六日、火曜日の放課後。

準備棟二階にあるマジック・アーツ部の部室には、一年生女子部員全員と二年生女子部員のほとんどが集合していた。

「随分集まったな。感心感心」

そして部室に来ている唯一の三年生である部長の千香《ちか》が、集まった部員を見回しながら満足げに頷《うなず》く。

「じゃあ始めるか」

千香《ちか》はそれ以上、余計な前置きはしなかった。明日が一年の実技テストと言うことを踏まえて、手早く終わらせることになっていた。

男子部員が運び込んだ電子黒板が動画モードに切り替わる。なお、その男子部員たちはこの場にいない。「今日は女子だけ」という理由で早々に追い返されていた。なお電子黒板の返却は明日実技テストが終わった後の、一年生男子部員の仕事だ。日本社会伝統の男性酷使の縮図がここにもある。

電子黒板に映し出された映像は、マーシャル・マジック・アーツの試合の録画映像だった。

昨年の中部州大会のものだ。

「まずは準々決勝だ」

千香《ちか》が一言だけ解説を入れる。

向かい合う選手の身長は余り変わらない。差は、多分五センチ程度だろう。ただ体格は一方がかなり勝っている。太っていると言うより鍛え上げられている感じだ。体格が劣る方は痩せていると言うより成長途上のイメージがあった。

試合が始まる。まずはジャブの打ち合い。二人ともアップライトな構えで、打撃技を得意とするストライカータイプに見えた。

しかしその印象はすぐに覆《くつがえ》る。大柄の方がコンビネーションブローを放つと見せかけて身体《からだ》を沈め、両手で足を刈りに行ったのだ。こちらの選手はどうやら、オールラウンダーであるらしい。

小柄な選手は小さくジャンプし、そのタックルをギリギリで避けた。いや、タイミング的にはギリギリだったが危ないという感じは少しも無かった。むしろ楽々躱《かわ》したという印象だった。

小柄な方がジャンプした状態で相手選手の肩を蹴る。その反動で大きく距離を取った。

蹴られた方はその場で立ち止まっている。微《かす》かに、足場にされた肩を気にしているような素振りが見られる。見た目以上のダメージがあったのかもしれない。

「知っている者の方が多いと思うが、今蹴った選手が一条茜《いちじょうあかね》だ。蹴られた小谷《こたに》選手はこれで右肩の肩鎖靱帯《けんさじんたい》を痛めていたことが試合後に分かった」

「肩鎖靱帯《けんさじんたい》」とは肩甲骨《けんこうこつ》と鎖骨をつなぐ「肩鎖関節《けんさかんせつ》」を取り囲む靱帯《じんたい》だ。肩鎖関節《けんさかんせつ》がダメージを受けた際、真っ先に損傷を受ける部位と言われている。

動画を見ている部員の間にざわめきが生じる。茜《あかね》は無造作に蹴ったようにしか見えなかった。だが距離を取る為《ため》の足場にしたようにしか見えなかったその蹴りが、正確に鎖骨の先端を狙っていたことを理解したからだ。それを偶然と決めつけるお気楽思考の持ち主は、部員の中にはいなかった。

画面の中で小康状態にあった試合が再び動き出すと、部員たちのざわめきも静まった。

今度は茜《あかね》の方から間合いを詰める。ゆったり歩いているように見えるが、あっという間に手が届く距離まで接近した。

敵の小谷《こたに》選手はゆったりした見た目に騙《だま》されたのか、構えが不十分だ。その隙を突くように茜《あかね》の左手が飛ぶ。歩み寄る足を止めず、左足を前に出した直後に左手を鞭《むち》のように振るったのだ。拳ではなく掌《てのひら》が小谷《こたに》選手の顔面をピシャリと打った。

それほど威力があるようには見えない。だが小谷《こたに》選手は少し、だがはっきりと分かる程度に仰《の》け反《ぞ》り、ガードを上げた。

その結果、小谷《こたに》選手の上体が起きる。ガードされていない彼女の腹へ、今度は茜《あかね》の前蹴りが突き刺さる。マジック・アーツで使用されるソフトシューズは「ソフト」と名付けられているとおり固い部分が無く、爪先で蹴ると足の方を痛める可能性が高い。

それにも拘《かか》わらず茜《あかね》の前蹴りが爪先を突き刺すもののように見えたのは、足指の付け根——所謂《いわゆる》「上足底《じょうそくてい》」——を当てた直後親指をねじ込むような動きを加えたからだろう。

小谷《こたに》選手が身体《からだ》を「く」の字に屈《かが》める。そのままダウンするかに見えたが、準々決勝まで勝ち上がっただけあってそう簡単には倒れない。上体を倒した体勢から飛び込むようなタックルを仕掛けた。

録画を見ていた部員の間から思わず声が上がる程の、ダメージを無視した奇襲だった。実はダメージを受けたふりをしていたのではないかと疑わせる鋭さだ。

しかし茜《あかね》は今度もそれを読んでいた。あらかじめ分かっていたとしか思えないスムーズな回避。右に躱《かわ》し、左手で相手の腕を払い、右手で背中を押さえながら左足で腹を蹴り上げる。

小谷《こたに》選手がマットに蹲《うずくま》る。審判《レフェリー》がダウンを宣言した。カウントが進む。

カウント八で小谷《こたに》選手は立ち上がった。

ここで茜《あかね》が一気呵成《いっきかせい》の攻勢に出る。

次のダウンで、小谷《こたに》選手は立ち上がれなかった——。

ここでいったん映像が止まる。千香《ちか》が部員を見回し「続きを見るか？」と訊《たず》ねた。

部室に及び腰な空気が漂う。一条茜《いちじょうあかね》の戦いぶりは見る者に恐怖を呼び起こす迫力を感じさせるものではなかった。だが華麗と言えるほど隙が無く、自信を奪い心を折る類いのもの。「超新星」と言うより「女王」と呼ぶ方が適切に思われる戦い方だ。

「見せてください！」

しかしそんな空気を無視して、茉莉花《まりか》が声を上げる。

闘志を失うどころか滾《たぎ》らせている茉莉花《まりか》を見て、千香《ちか》は満足げに口の両端を吊《つ》り上《あ》げた。

「見たくない者は帰って良いぞ？」

茉莉花《まりか》以外の部員を挑発する千香《ちか》。

退出した部員はいなかった。

準決勝の録画が、茜《あかね》のギブアップで終わる。

室内にホッとしたような空気が流れた。多分、茜《あかね》が負けたという事実を自分の目で見て「決して勝てない相手ではない」と安堵《あんど》しているのだ。

しかし千香《ちか》はそれで済ませるような、優しい性格ではなかった。

「一条《いちじょう》を破った石上《いそがみ》選手は関節技の名手として知られていて、決勝も制している」

いったん言葉を切って、自分の言いたいことが伝わっているかどうか部室内をぐるりと見回す。部員の顔から弛緩《しかん》した気分が消えているのを確認して、彼女はさらなる一太刀を放った。

「一条《いちじょう》が石上《いそがみ》選手を接近させない戦い方をしていれば、勝敗は逆転していたかもしれんな。

「……遠上《とおかみ》」

それでもなお、瞳に強気な光を宿し続ける茉莉花《まりか》の名を千香《ちか》は呼んだ。

「お前ならどう戦う？」

「打ち合います」

茉莉花《まりか》の答えを聞いて、他の部員は意表を突かれた表情を浮かべる。彼女たちは「何とか組み付く」という回答を予想していたのだった。

「相手の得意な土俵で勝負すると？」

千香《ちか》は面白そうに問いを重ねた。彼女の表情に意外感は無い。

「自分の得意分野です」

「ハッハッハッハッハッ……」

千香《ちか》が笑い声を上げる。「呵々大笑《かかたいしょう》」という表現が似合う笑い方だった。

「その言葉、取り消しは受け付けねえぞ？」

「取り消すつもりはありません」

「よし。八月下旬の全国大会に向けて、みっちりしごいてやる」

「はい、お願いします！」

千香《ちか》と茉莉花《まりか》の遣《や》り取《と》りに、他の部員は呆気《あっけ》に取《と》られていた。

◇　◇　◇

ミーティングが終わった後、茉莉花《まりか》は一年A組の教室に急行した。そこでアリサおよび明《めい》と合流することになっていたからだ。

「ゴメン、遅くなった」

「やっと来たわね」

大声で謝罪する茉莉花《まりか》に応えたのは明《めい》。彼女の口調はセリフの表面的な意味に反して、少しも辛辣ではなかった。

「ホントーにゴメン」

茉莉花《まりか》が頭を下げ、その上で両手を合わせた。真面目な謝罪の姿勢ではない。

「明《めい》、勘弁してあげて」

取りなすアリサも、半分笑っている。

「そうね、時間も無いことだし。今度アイネブリーゼで何か奢《おご》ってくれれば」

「必ずやご馳走《ちそう》させていただきます」

明《めい》の偉そうなセリフに、茉莉花《まりか》は殊更畏《ことさらかしこ》まって応える。要するにこれは、女子高校生同士の悪巫山戯《わるふざけ》だった。

アリサと明《めい》は立ち上がって、茉莉花《まりか》と三人揃《そろ》って教室を後にする。彼女たちは途中寄り道せず明《めい》の家を目指した。

五十里《いそり》家《け》に到着した三人は直接訓練施設に向かった。何と言っても実技テストは明日なのだ。明《めい》が教室で待てていたのも、明日の月例試験に備えて生徒会業務を免除されたからだ。前日にいきなりミーティング（という名目の上映会）を入れるマジック・アーツ部が型破りなのである。

「……良《い》いんじゃない？　少なくとも全部の課題で基準点は突破しているわ」

課題を一通り終えた後、結果を明《めい》が総評する。

「本当？　良《よ》かったぁ！」

明《めい》のセリフに茉莉花《まりか》が歓声を上げる。

「アリサも問題無さそうね。まあ、アリサの場合は自宅でも練習できるし」

「ううん、助かってるよ。家だと学校用のセッティングは中々できないから」

アリサは明《めい》に、笑顔で感謝を示した。

「これで来月はめでたく、アリサと茉莉花《まりか》は同じクラスになれそうね」

「明《めい》もでしょ？」

他人事《ひとごと》のように言う明《めい》にアリサがツッコミを入れる。

「当然よ」

しかし明《めい》は動じない。彼女はアリサと茉莉花《まりか》が恐れ入るほど自信たっぷりだった。

「小陽《こはる》も来れば良かったのに」

「日和《ひより》もね」

茉莉花《まりか》とアリサがここにいない友人たちを話題にする。

「時間の都合が付かないんじゃ仕方無いわ。二人とも自宅生だし、色々あるんでしょ」

そう言いながら明《めい》も少し残念そうだ。今日の昼食の時に二人も誘ったのだが、小陽《こはる》にも日和《ひより》にも予定があると断られたのだった。

「とにかく、明日は頑張りましょう」

三人は最後の仕上げに、もう一度自分が一番苦手な課題に取り組んだ。

[6] 一難去ってまた一難

木曜日の朝。

「良かったぁ……」

一年B組の教室で、茉莉花《まりか》は歓声ではなく緊張から解き放たれた安堵《あんど》の呟《つぶや》きを漏らしていた。

彼女が広げた端末の画面には、実技テストの結果と来月の所属クラスが表示されていた。

◇　◇　◇

「茉莉花《まりか》、A組昇格おめでとう」

「良かったですね、茉莉花《まりか》さん」

昼休みの学食で、同じテーブルを囲んだ友達から茉莉花《まりか》は祝福を受けていた。

「ありがとう。えへへ、やっとアーシャと同じクラスになれたよ」

照れながらも茉莉花《まりか》は喜びを隠さない。彼女が今、自分の口で言ったように、アリサと同じクラスになるという二ヶ月越しの念願がようやく叶《かな》った喜びを茉莉花《まりか》は朝から何度も噛《か》み締《し》めていた。

「皆《みんな》も良かったね。おめでとう」

そして茉莉花《まりか》は友人たちと喜びを分かち合う。

昨日の月例実技試験の結果は全員上々だった。茉莉花《まりか》は来月からA組に上がることになり、アリサと明《めい》はA組を維持。ちなみに、この場にはいないが浄偉《じょうい》もA組だ。

小陽《こはる》と日和《ひより》は来月からC組。先月B組だった小陽《こはる》は元に戻れず少し不満だったようだが、上のクラスに上がったことは素直に喜んでいた。

「皆《みんな》も今日は部活、休みでしょ？」

生徒会と陸上部を掛け持ちしている明《めい》が訊《たず》ねる。明日は二年生の実技テストだ。生徒会が把握している限り、運動系のクラブは全て、文化系クラブもほとんどが活動を休む予定になっていた。

明《めい》の問い掛けに茉莉花《まりか》が真っ先に頷《うなず》き、アリサと日和《ひより》がそれに続いた。

「バイク部は休みじゃありませんけど……。何時《いつ》も自由参加みたいなものですから休めます」

最後に小陽《こはる》が、少し後ろめたそうに答えた。

「放課後、アイネブリーゼで打ち上げしない？」

「私は良《い》いけど、生徒会は？」

明《めい》の提案に、アリサが質問を返す。クラブは自主的に活動を休むところが大半だが、生徒会は事情が違うはずだ。最低限のルーティンがある。

「一時間以内に切り上げるわ」

明《めい》は躊躇《ちゆうちよ》無くそう答えた。もしかして彼女も、実技テストはそれなりにストレスだったのだろうか。

「そのくらいだったら待ってるけど……」

本当に大丈夫？　とアリサが視線で訊《たず》ねる。

「そうしてもらえる？　後で必ず合流するから」

明《めい》の口調は、今度も迷いが無い。

そこまで言うなら自分が心配することでもないか、とアリサは思った。

「じゃあ、私たちは先に行ってるね」

茉莉花《まりか》が「打ち上げをやるのは決定事項」みたいな口調で明《めい》に言う。

幸い、小陽《こはる》と日和《ひより》にも異存は無いようだった。

◇◇◇

アイネブリーゼには現地集合ということで、アリサと茉莉花《まりか》が先に入店しテーブルを確保した。幸い今日は混んでいなかったが、念《ねん》の為《ため》マスターに「打ち上げをしたい」と断って快諾を得る。マスターは「当日だから店を貸切《かしきり》にはできないが、奥のテーブルは自由に使って良い」と言って、アリサたちが座った隣のテーブルにも「予約席」の札を立ててくれた。

小陽《こはる》たち三人が来たのは、それからすぐのことだった。

小陽《こはる》と日和《ひより》、それに大人しそうな男子生徒。

「飛び入り一名、構わないかな？」

男子生徒の袖を摑《つか》んだ日和《ひより》がアリサと茉莉花《まりか》に問う。

「良《い》いけど……誰？」

問い返したのは茉莉花《まりか》。アリサは意外感に目を丸くしていた。

「同じクラスの唐 橘《からたちばな》君」

それを聞いて茉莉花《まりか》の目が鋭く光る。アリサと一緒にいるところを一度チラリと見た役《まもる》の顔を茉莉花《まりか》は忘れていたが、親友の口から聞いたその名はしっかり覚えていた。

「えっ、なに？」

だが役《まもる》にしてみれば、茉莉花《まりか》からそんな目を向けられる理由が分からない。彼は自分が何故《なぜ》、初対面の美少女から睨《にら》まれなければならないのか戸惑っていた。

「……僕は邪魔だったんじゃないかな？」

あれこれ考えた結果、役《まもる》にはこれしか心当たりが無い。

「やっぱり、遠慮しておくよ」

元々彼は自ら望んでここに来たのではなく、帰《かえ》り際《ぎわ》に捕まって日和《ひより》に無理矢理引っ張ってこられたのだ。

女子会に男子一人で飛び込む度胸は、役《まもる》には備わっていない。彼は茉莉花《まりか》に歓迎されていないのをむしろ奇貨として、この場から逃げだそうとした。

「そんなことないって」

しかし、日和《ひより》は役《まもる》を逃がさなかった。

「ねえ、アリサ」

「え、ええ」

いきなり話を振られて、アリサは反射的に頷《うなず》く。

そして役《まもる》は、アリサを無視できなかった。いや、相手がアリサでなくてもこの流れを無視できる程、彼は女子に慣れていなかった。

「でも……」

役《まもる》の目は茉莉花《まりか》に向けられている。

その視線を追い掛けて、アリサは茉莉花《まりか》が役《まもる》に向けている目付きに気付いた。

「ミーナ、唐橘《からたちばな》君とは初めてでしょう？」

だからそんな目で見るのは止めろと、やんわり注意する。

茉莉花《まりか》はアリサの言葉を無視できなかった。分からないふりもできない。彼女は内心渋々ではあったが、それまでの態度が嘘《うそ》のように役《まもる》へ歓迎の笑顔を向けた。

「アリサの一番の親友の遠上茉莉花《とおかみまりか》です」

可愛《かわい》らしく、あざとくすらある声で茉莉花《まりか》が役《まもる》に名乗る。その声は「あざとい」の本来の意味——押しが強くて、露骨で抜け目がない——を裏側に秘めたものだった。

茉莉花《まりか》の分かり易《やす》い牽制《けんせい》に、役《まもる》の頬がヒクッと引き攣《つ》る。

「そうなんですね。理解しました。僕はD組の唐橘《からたちばな》です」

役《まもる》は努めて普段どおりの声で、何とか噛《か》まずに自己紹介まで終えた。彼は「十文字《じゅうもんじ》さんとは特に関係ありませんよ」「十文字《じゅうもんじ》さんを取り合うつもりはありませんよ」という意図を声と態度で表したつもりだったが、それが茉莉花《まりか》に伝わっている自信は無い。

二人の間に張り詰める緊張感に——プレッシャーを放っているのは茉莉花《まりか》で、役《まもる》は全面的に被害者だ——耐えかねたアリサが、日和《ひより》に「何故《なぜ》唐橘《からたちばな》君を連れてきたの？」とアイコンタクトで訊《たず》ねる。

「唐橘《からたちばな》君が何となく暇そうにしていたから連れてきた。構わないでしょう？　一緒に勉強してたんだし」

だが日和《ひより》は茉莉花《まりか》の放つプレッシャーなど何処《どこ》吹く風とばかり、けろりとそう言った。

それはアリサに対する答えであると同時に、茉莉花《まりか》に対する問い掛けでもある。

「うん、良《い》いよ。別に女子会ってわけじゃないしね」

こうも真っ正面から迫られると、茉莉花《まりか》も拒めない。

「唐橘《からたちばな》君も座って」

茉莉花《まりか》は笑顔で——無論、愛想笑《あいそわら》いである——役《まもる》に席を勧めた。

アリサと茉莉花《まりか》の席は隣同士。

まず日和《ひより》が隣のテーブルをくっつけて四人掛けのテーブルを八人掛けに変え、アリサの隣に座った。小陽《こはる》は少し迷って、茉莉花《まりか》の正面に座る。

「唐橘《からたちばな》君はそこ」

日和《ひより》が役《まもる》に指示した席は、アリサの正面だった。

茉莉花《まりか》は表面上平然としていたが、何か言いたそうにしているのがアリサには分かった。

「明《めい》が来るまでね」

しかしこう言われては、茉莉花《まりか》も納得せざるを得ない。

「何頼もうか？」

日和《ひより》のイニシアティブで、開戦前夜の空気は未発のまま沈静化した。


スイーツは明《めい》が来てから一緒に頼むことになった。しかし飲み物だけでも女子高校生のお喋《しゃべ》りは弾む。役《まもる》は居心地悪そうにしていたが、話を振られれば気《き》の利いた応えを返してそれなりに場を盛り上げていた。

それに役《まもる》は、アリサと話す時だけは楽しそうだ。アリサも、満更でもなさそうだった。

そう思ったのは、茉莉花《まりか》だけではなかった。茉莉花《まりか》はアリサと役《まもる》が言葉を交わし笑顔になる度にイライラを募らせていたが、日和《ひより》は対照的にわくわくを膨らませていた。小陽《こはる》だけが蚊帳《かや》の外だったが、彼女はそれを自覚していない。

日和《ひより》が役《まもる》を連れてきたのは、彼とアリサが良《い》い雰囲気だと彼女が感じていたからだった。そして今のところ、日和《ひより》が期待したとおりのムードが続いている。もしかしたら日和《ひより》は「仲人《なこうど》気質」なのかもしれない。

ただアリサも役《まもる》も、今のところ茉莉花《まりか》や日和《ひより》が思うような感情を互いに懐《いだ》いていない。茉莉《まり》花《か》が考えすぎているだけ、日和《ひより》が勝手に盛り上がっているだけだった。そんな嚙《か》み合《あ》わない状況は、明《めい》が合流するまで続いた。

「お待たせ！」

本人の宣言どおり明《めい》は一時間以内、正確には五十六分でアリサたちに合流した。

自分以外の皆がこの声に応えるのを聞いて、役《まもる》は席を譲るべく立った。

そして振り返り「どうぞ」と声を掛ける。

しかし明《めい》にしてみれば、見知らぬ男子からいきなり親しげに話し掛けられた格好だ。これが街中のナンパならそれほど戸惑うこともないのだが、待ち合わせをしていた友人たちはこの見知らぬ男子と親しげに話をしていた。

「えっと、誰？」

明《めい》がこういう反応になるのもやむを得ないものと思われる。

「あっ……」

不審の目を向けられて、役《まもる》は「うっかりしていた」と思った。雰囲気に流されて——主に、日和《ひより》に引きずられて——全員が友達のような錯覚に陥っていたが、小陽《こはる》は昨日まで余り話したことの無いクラスメート、茉莉花《まりか》は実質初対面だった。この女子のことも生徒会役員だから一方的に知っているだけで、向こうにしてみれば自分は完全に見知らぬ一高の制服を着ただけの男子だ。

「今更ですが、一年D組の唐橘《からたちばな》です」

そう言われて明《めい》も自分の態度が不躾《ぶしつけ》だったと自覚し、少し恥ずかしげな表情になった。

「いえ、こちらこそ。一年A組の五十里《いそり》です。D組ということは、日和《ひより》のお友達ですか？　それとも小陽《こはる》の？」

「友達というか、単なるクラスメートです。今日は仙石《せんごく》さんに引きずり込まれて」

第三者の視点で見れば言い訳臭いセリフだった。だが明《めい》はすんなり受け容《うい》れた。そういうことを簡単にやらかしそう、というのが明《めい》の持つ日和《ひより》のイメージだ。

またそれは、この場合完全な事実だった。

「唐橘《からたちばな》君。せっかくだからもう少しゆっくりして行かない？　今日は月例テストの打ち上げだから」

明《めい》は口調と態度を崩して、役《まもる》にそう提案した。

「そうだね」

役《まもる》もざっくばらんに態度を崩す。彼は「断る理由が無い」という理由で日和《ひより》の正面に腰を下ろした。

明《めい》がアリサの正面に座り、全員が改めて注文を出す。そこからは女子五人がスイーツをシェアしてその感想を語り合い、役《まもる》は黙って聞き役に徹するという流れになった。役《まもる》に話が振られたのは来月のクラスに関する質問だけだったが、彼がB組と答えてもそれ以上話は広がらなかった。来月B組になるのは、この場で役《まもる》だけだったからだ。

……客観的に見てそれは、役《まもる》にとっては益の無い時間だったかもしれない。だが少なくとも、茉莉花《まりか》のヘイトがそこからさらに積み上がることはなかった。

◇　◇　◇

金曜日は三年生の実技テストも終わり、部活も平常どおり行われた。

マジック・アーツ部の練習を終えた茉莉花《まりか》は、アリサと合流する前に実験棟三階の幾何学準備室に向かった。

「失礼します。遠上《とおかみ》です」

名乗りながら準備室の扉を開ける。テストは終わっているので問題無いと判断したのだった。

また茉莉花《まりか》は名乗るに際し、クラス名を付け加えなかった。それを言わなくても「先生」は自分のことを認識してくれると、彼女は無意識に思っていた。

「入りなさい」

紀藤《きとう》が茉莉花《まりか》を招き入れる。相変わらずこの時間の準備室には彼以外の教師の姿が無かった。

茉莉花《まりか》は笑顔で、椅子に座ったままの紀藤《きとう》の前に立つ。

「先生。あたし、A組に上がれました」

「知っている。良くやったな」

椅子から見上げる体勢で、紀藤《きとう》はクールな笑みを浮かべ茉莉花《まりか》を労《ねぎら》った。

「先生の御蔭《おかげ》です。ありがとうございました」

「分からないところがあったら、また訊《き》きに来なさい」

勢い良く頭を下げた茉莉花《まりか》に、紀藤《きとう》はそう言葉を掛けた。

「良《い》いんですか⁉」

顔を上げた茉莉花《まりか》が、驚きを隠せていない表情で問う。

「来月から実技担当ではなくなるが、一学年を教える教師の立場に変わりはない。質問があれば遠慮は要らない」

「はいっ。よろしくお願いします」

茉莉花《まりか》は嬉《うれ》しそうに、もう一度頭を下げた。

◇◇◇

月末の日曜日。早馬《そうま》は都心に近い多摩《たま》地区の住宅街を訪れていた。入り組んだ道の奥にある、歴史を感じさせるたたずまいの屋敷《やしき》。そこが彼の目的地だ。表札はおそらく手書きの墨書で『安西《あんざい》』と書かれていた。

その門の前に立ち、早馬《そうま》はインターホンを使わず直接屋敷《やしき》の中に向かってフルネームで名乗りを上げる。

大声を張り上げたわけではない。少し大きめの、普通に会話をする声量。閉め切った門に隠された家は、やはり閉め切られているだろう。その程度の声が届くとは到底思われない。にも拘《かか》わらず、然程《さほど》待つことなく門は内側から開いた。向こう側には門を開けたと思われる人影。それがこの屋敷《やしき》の門を守る使用人だということを早馬《そうま》は知っていた。ここの主がそんな古い風習を今の時代に維持し続けられる権威と財力の持ち主であることも。

早馬《そうま》と門番が会釈《えしゃく》を交わす。この屋敷《やしき》の主に従う者という意味で、早馬《そうま》と門番は同僚だった。与えられた役目は違うが、どちらが上ということはない。彼らの上に立つのは屋敷《やしき》の主ただ一人だ。

左右に低木が植えられた石畳の道を進むと、二階建ての立派な建物が現れる。レトロな外観は、十九世紀終わり頃の華族の屋敷《やしき》を模した物だ。外見は歴史の重みを感じさせる程だが、実際には約二十年前に建て直されている。

早馬《そうま》が玄関前に立つと、すぐに中から扉が開かれた。ここでも人手が使われている。機械ではなく人間を使うというのは、既に一種の贅沢《ぜいたく》だ。次の世紀になればますます上流階級の特権となるだろう。そうなっても、この屋敷《やしき》の主は使用人を雇い続けるに違いない。

「御前《ごぜん》のお召しで参りました」

早馬《そうま》が玄関扉を開けた女中に用件を告げる。

四十歳を少し過ぎたくらいと思われる女中は「うかがっております」と言いながら早馬《そうま》に丁寧なお辞儀をして、彼を応接室まで案内した。

洋風の応接室は広々としている。重厚な家具が必要な分だけ配置され、無秩序な印象を与える物は一切無い。ここ以外の部屋も、都心近くとは思われないほど贅沢《ぜいたく》な使い方がされていることを早馬《そうま》は知っていた。

これでも別邸なのだ。「御前《ごぜん》」の本宅は芦屋《あしや》にある。ここは「格下の権力者は東京に群がっている為《ため》、東京に家がある方が便利」という理由で構えている物だ。

早馬《そうま》の主、「御前《ごぜん》」こと安西勲夫《あんざいいさお》はこの国の所謂《いわゆる》「黒幕」。陰の権力者、いや、陰を支配する権力者の頂上グループの一人だった。

早馬《そうま》が応接室で姿勢を正して待っていると、もう一人の来客が案内されてきた。八歳年上のその男性に、早馬《そうま》は立ち上がって無言で一礼した。

その男性は第一高校二年B組および一年B組実技担当教師、紀藤友彦《きとうともひこ》だった。

紀藤《きとう》も早馬《そうま》に会釈《えしゃく》を返す。そして無言でソファに腰を下ろした。

それを見届けて、早馬《そうま》も元の位置に座り直す。会話は無い。ここは「御前《ごぜん》」の屋敷《やしき》内。同じ安西《あんざい》の配下同士であろうと、主の許可無く言葉を交わすのは彼らにとって畏れ多いと言うより無作法なことだった。

指定された時間になった。

安西《あんざい》は、時間どおりに姿を見せた。長身で痩せ型の、五十代後半から六十代前半の男性だ。正確な年齢を含めた詳しい素性は早馬《そうま》も紀藤《きとう》も知らない。おそらくこの国全体でも、それを知る者はほんの一握りだろう。ノーネクタイでシャツにジャケットを羽織っただけのラフなスタイルだが、それで安西《あんざい》の威厳が損なわれることはない。

「二人とも、良く来てくれた」

親しげな口調だが、その声には自然と頭《こうべ》を垂れる圧力がある。そのプレッシャーは安西《あんざい》の持つ権威が先入観として反映したものではないとも限らなかったが、それを試してみる気は早馬《そうま》にも紀藤《きとう》にも無かった。

「我ら両名、御前《ごぜん》のお呼びとあらば何時《いつ》なりと」

紀藤《きとう》が代表して安西《あんざい》の言葉に応える。安西《あんざい》は仰々しい言い回しを嫌うから、これでも抑えているのだった。実は御前《ごぜん》という呼び方も同格の「黒幕」と区別する為《ため》、安西《あんざい》にしてみれば仕方無く認めているものだ。

「顔を上げよ」

安西《あんざい》の指図で、二人とも倒したままだった身体《からだ》を起こした。

「報告を」

安西《あんざい》が二人に対して端的に命じる。

もちろん早馬《そうま》も紀藤《きとう》も「何を」などと不敬な反問はしない。

「まずは誘酔早馬《いざよいそうま》より申し上げます」

早馬《そうま》の口上に、安西《あんざい》が見えるか見えないか程度の微《かす》かな頷《うなず》きを返す。

「十文字《じゅうもんじ》アリサの対精神干渉魔法障壁の強度はまだ確認できておりません。未《いま》だ警戒を解くには至っておらず、今しばらくの猶予《ゆうよ》を頂戴したく存じます」

「幻術は試していないのか？」

「十文字勇人《じゅうもんじゆうと》に覚《さと》られぬ程度のものは試しましたが、効果はありませんでした。ただそれが障壁魔法によるものか、あの者が生来有する精神的な抵抗力によるものかの見極めが終わっておりません」

「分かった。まだ慌てる段階では無い。十文字家《じゅうもんじけ》に覚《さと》られぬよう、今後も慎重に取り込みを図れ」

「はっ、必ずや」

早馬《そうま》が再び、恭《うやうや》しく一礼した。

「では紀藤《きとう》より申し上げます」

早馬《そうま》が頭を上げる前に、紀藤《きとう》が交替して話し始める。

「遠上茉莉花《とおかみまりか》が『十神《とおがみ》』の技を受け継いでいることは先日ご報告しましたとおりですが、そのポテンシャルがかなり高いものであることが判明致しました」

「使いものになりそうか」

「順調に育てば十文字家《じゅうもんじけ》の術者を凌駕《りょうが》する可能性もあるかと」

「ふむ……。『十神《とおがみ》』は能力に欠陥があり実戦での運用は難しいと聞いているが」

「遠上茉莉花《とおかみまりか》は魔法師とサイキックの素質を併せ持つ特異な個体です。『十神《とおがみ》』の短所を埋めて任務に投入することも可能と思われます」

「そうか。ではその者についても引き続き懐柔を図れ」

「御前《ごぜん》。その件につきまして、誘酔《いざよい》から一つご提案が」

安西《あんざい》が既に姿勢の直っている早馬《そうま》へ目を向ける。

「話せ」

「はい。以前ご報告しましたとおり、あの二人に対する工作を難しくしているのは互いの共依存関係にあると考えております。そこで今の段階で一度、二人に活躍の場を設けることが、十文字《じゅうもんじ》アリサについては特に効果的であると考えます」

「喝采と称賛で自信を与え、自立を促し共依存から脱却させるか」

「御意。それにライバルの存在は、外に目を向ける切っ掛けになります」

「しかしそれでは、お前たちの仕事の競合相手を増やすことにならないか？」

「十文字家《じゅうもんじけ》に引き取られた段階で十文字《じゅうもんじ》アリサは既に注目を集めております。多少注目度が上がったからといって状況に変化は無いかと」

「そうだな……」

安西《あんざい》が考え込んでいた時間は短かった。

「具体的には？」

この問い掛けは、早馬《そうま》の策を採用するという意思表示だ。

「十文字《じゅうもんじ》アリサはクラウド・ボール部です」

早馬《そうま》は逸《はや》る気持ちを抑えて自分のプランを進言した。

「クラウド・ボールを九校戦に復活させるのがよろしいかと存じます」

「敗戦で依存が深まる結果にはならないか？」

「その際はフォローに努めます」

「良かろう。手配しておく」

「ありがたき幸せ」

早馬《そうま》はやや場違いなセリフと共に、ソファに座ったまま上半身を水平になるまで倒した。

◇　◇　◇

月が変わり、六月十日。水曜日の昼。

アリサと茉莉花《まりか》は既に食堂からA組の教室に戻っていた。

もうすぐ昼休みが終わる時間になって、生徒会の仕事で一緒にランチができなかった明《めい》が興奮気味の顔で教室に駆け込む。

「アリサ、グッドニュース！」

「どうしたの、明《めい》。何だか嬉《うれ》しそうだね」

明《めい》が興奮を露《あら》わにするのは珍しい姿だが、本人が「グ、ッド、ニュース」と言っているのでアリサも隣にいた茉莉花《まりか》も余り慌てていなかった。

「九校戦でクラウド・ボールの復活が決まったわ！」

答える明《めい》の口調は、得意げですらあった。

「えっ……？」

アリサが戸惑いを見せる。言葉の意味は分かったが、明《めい》が何故《なぜ》興奮しているのか、その理由を理解できなかったからだ。

「新人戦はダブルスよ。つまり」

「アーシャの出場は確定ってこと!?」

喰《く》い気味に茉莉花《まりか》が口を挿《はさ》む。

「そう！　観念しなさい、アリサ。これで『九校戦には出たくない』なんて言っていられないわよ」

そろそろ九校戦のメンバー選定時期だ。アリサは生徒会による事前の打診に「辞退したい」と回答していたが、彼女の友人たちはそれに納得していなかった。

「そんな……」

アリサは受《う》け容《い》れがたいという表情をしている。だがクラウド・ボール部の一年生部員はアリサを含めて二人。新人戦のダブルスなら、選手に選ばれるのは確定だ。

「十文字《じゅうもんじ》さん、頑張って」

浄偉《じょうい》が無責任にエールを送る。

「アーシャ、頑張ろう！　あたしも頑張るから！」

アリサの心情を知っている茉莉花《まりか》まで、笑顔でそれに加わった。

アリサは途方に暮れた顔で、味方を探して教室を見回した。

しかし、彼女に味方する者は見付からなかった。

あとがき

『新・魔法科高校の劣等生《ま ほうか こうこう れっとうせい》　キグナスの乙女たち』シリーズ第二巻をお届けしました。如何《いかが》でしたでしょうか。お楽しみいただけましたか。

今回は難産でした。今までで一番苦労したとは申しませんが、試行錯誤した回数は過去最高かもしれません。書いては直し、書いては直しを繰り返し、一つの結論に達しました。

私には青春ものは無理ですね。平和な学園ものは向いていないようです。

とはいえ今更方向転換もできません。このシリーズには今後も苦労させられそうです。

この第二巻までで、本シリーズのレギュラー・準レギュラーが大体出揃《でそろ》った感があります。茉莉花《まりか》には一条茜《いちじょうあかね》、アリサには緋色浩美《ひいろひろみ》。前シリーズと異なり、今シリーズでは主人公サイドが格上のライバルに挑む展開になります。フィクションの構造としては、こちらの方が一般的と言えるでしょう。

前シリーズで主人公サイドに能力的なアドバンテージがあったのは、負けたらそこまででやり直しがきかない世界に身を置いていたからです。本シリーズは、やり直しが可能なスポーツの競い合い。ここに最大の違いがあります。

負けたら終わりのバトルものでも集団対集団ならば、主人公が敗北から立ち上がって最後に勝利を摑《つか》むという展開もありだと思います。しかし前シリーズの主人公は所属している集団さえも敵に回しているようなところがありましたから。

その点スポーツは負けてからがスタートみたいなところがありますからね……。全てがそうとは言いませんが。格闘技ものだとむしろ、無敗のまま頂点まで突き進むのが最近のトレンドのようにも見えますが。

さて、今回主人公その一のアリサはライバルに実力どおりの敗北を喫しましたが、主人公その二・茉莉花《まりか》はどうでしょうか。今後の展開にご期待ください。

茉莉花《まりか》のライバル・緋色浩美《ひいろひろみ》は今月から放映が始まりました『魔法科高校《まほうかこうこう》の優等生《ゆうとうせい》』のライバルキャラである一色愛梨《いっしきあいり》と同じ一色家《いっしきけ》の人間で、同じ魔法を使います。ただし全くの別人です。一色愛梨《いっしきあいり》は本シリーズにも続編の方のシリーズにも出てきません。『魔法科高校《まほうかこうこう》の優等生《ゆうとうせい》』のオリジナルキャラクターは、『優等生《ゆうとうせい》』だけのキャラクターです。

愛梨《あいり》は『魔法科高校《まほうかこうこう》の劣等生《れっとうせい》』シリーズにはいないタイプのとても華やかなキャラクターで、彼女が活躍する姿は一見の価値がありますよ。リーナのようにポンコツでもありませんし。

というわけで、テレビアニメ『魔法科高校《まほうかこうこう》の優等生《ゆうとうせい》』も是非御覧ください。

　さて、今回の余談はこのくらいで。厳しい世の中ですが、皆様もお体をご自愛ください。今後も本シリーズをよろしくお願い致します。

（佐島《さとう》　勤《つとむ》）

◉佐島　勤著作リスト

本書に対するご意見、ご感想をお寄せください。

ファンレターあて先
〒 102-8177　東京都千代田区富士見 2-13-3
電撃文庫編集部
「佐島 勤先生」係
「石田可奈先生」係

本書は書き下ろしです。

電撃文庫

新《しん》・魔法科高校《まほうかこうこう》の劣等生《れっとうせい》
キグナスの乙女《おとめ》たち②

佐島《さとう》 勤《つとむ》

2021年7月10日　初版発行

発行者　青柳昌行
発行　株式会社KADOKAWA
〒102-8177　東京都千代田区富士見2-13-3
0570-002-301（ナビダイヤル）
装丁者　荻窪裕司（META＋MANIERA）
印刷　株式会社暁印刷
製本　株式会社暁印刷

●お問い合わせ
https://www.kadokawa.co.jp/（「お問い合わせ」へお進みください）
※内容によっては、お答えできない場合があります。
※サポートは日本国内のみとさせていただきます。
※Japanese text only
※定価はカバーに表示してあります。

ISBN978-4-04-913728-6　C0193　Printed in Japan

電撃文庫　https://dengekibunko.jp/

電撃文庫創刊に際して

文庫は、我が国にとどまらず、世界の書籍の流れのなかで〝小さな巨人〟としての地位を築いてきた。古今東西の名著を、廉価で手に入りやすい形で提供してきたからこそ、人は文庫を自分の師として、また青春の想い出として、語りついできたのである。

その源を、文化的にはドイツのレクラム文庫に求めるにせよ、規模の上でイギリスのペンギンブックスに求めるにせよ、いま文庫は知識人の層の多様化に従って、ますますその意義を大きくしていると言ってよい。

文庫出版の意味するものは、激動の現代のみならず将来にわたって、大きくなることはあっても、小さくなることはないだろう。

「電撃文庫」は、そのように多様化した対象に応え、歴史に耐えうる作品を収録するのはもちろん、新しい世紀を迎えるにあたって、既成の枠をこえる新鮮で強烈なアイ・オープナーたりたい。

その特異さ故に、この存在は、かつて文庫がはじめて出版世界に登場したときと、同じ戸惑いを読書人に与えるかもしれない。

しかし、〈Changing Times,Changing Publishing〉時代は変わって、出版も変わる。時を重ねるなかで、精神の糧として、心の一隅を占めるものとして、次なる文化の担い手の若者たちに確かな評価を得られると信じて、ここに「電撃文庫」を出版する。

1993年6月10日
角川歴彦